LOCUS

LOCUS

LOCUS

LOCUS

在時間裡，散步

walk

walk002 你不相信的事

作者 張惠菁
責任編輯 陳郁馨
法律顧問 董安丹律師、顧慕堯律師

出版者 大塊文化出版股份有限公司
台北市105南京東路四段25號11樓
www.locuspublishing.com
信箱 locus@locuspublishing.com
電話 02.8712.3898
傳真 02.8712.3897
服務專線 0800.006.689

郵撥帳號 18955675
戶名 大塊文化出版股份有限公司

總經銷 大和書報圖書股份有限公司
地址 新北市新莊區五工五路二號
電話 02.8990.2588
傳真 02.2290.1658

初版一刷 2005年6月
初版九刷 2017年5月
定價 新台幣250元
ISBN 986-7291-41-7

張惠菁◎你不相信的事

我注意到廚房窗外，別人家的後陽台。
看見他們晾著的衣服，鐵窗的圖案，倒蓋在窗台的塑膠水桶。
聽見震動中的洗衣機，扭開水龍頭與馬達的聲音。

歧路的瞬間　序

這本集子收入了我在過去一年半的時間裡寫的一些文章。

這一年半當中，我身邊發生了許多事。妹妹訂婚以及結婚，父親去世，姐姐的小孩誕生。一種新的生活產出在死去的每一天之上。與許多事物我似乎，也嘗試著建立起新的關係。比如與懷疑，比如與迷戀，比如與突然而來的絕望。

因為工作的緣故，現在幾乎只在週末寫作。我通常盡可能，極不合群地，拒絕掉朋友的邀約，好把週末完整地保留下來，讀或是寫些什麼。週末變成一個不同於星期一到星期五的時間結界，以睡眠與週間的日子區隔開來。星期五的傍晚離開辦公室，行經大半個喧鬧的市區，在晚餐桌上聽與說著各種來路不明的消息。身體，姿態，話語裡，摻雜了這裡或那裡受到的輿論或文化影響。

然後回家。第二天醒在另一種時間裡。

入夏之後天光敞亮，醒時躺在床上，從房間的窗戶看見隔壁人家屋頂上那幾株尤加王蘭，在熱風裡搖晃著葉子。

前一個晚上談論的事，這時變得那麼遙遠地，毫不重要了。在意的事情，也是那麼清晰地，可以看出其中某些社會框架的制約，彷彿受著預先寫定程式的設定。你忽然就看穿自己了。看穿自己是那樣虛空而軟弱地，驅趕著自己去相信一種信念，去喝一杯咖啡，去愛一個人，去穿某一個品牌的服裝，去聽一片ＣＤ。

以為那樣才是正常。

那些深植在你內裡，使你認為這樣才正常的設定，有人稱它是文化，有人說是因為消費時代的廣告。有人說是業力與習氣。

無論那是什麼，我們始終是手無寸鐵地進入，再遍體鱗傷地出來。只是現在不那麼怕痛了。

你會記得這次出來的路徑嗎？還是用麵包屑作的指路記號，轉瞬就被鳥雀吃光了呢？

每個禮拜兩天的時間結界，好像太長。長到讓你可以在週末結束以前，從週間的世界脫落，迴避掉在人群中時不知不覺就採取了的信念，感到自己彷彿明白了些什麼，像在一次轉世裡記起前世早就已經知道的事。

又好像太短。短到還是必須走進星期一，重新與世界建立一種關係。

有時我感到自己站在歧路的瞬間。下一秒可以開懷大笑，也可以忽然哭出來。那瞬間同時飽和的兩種情緒，都真實至此，也都同等虛幻。是哭是笑都無所謂，對一個瞬間而言，高興並不比傷心來得正當些。靜靜地把眼淚流完，便轉到下一個片刻去了。

如浮雲之過晴空。

這本書的書名叫做《你不相信的事》，關於愛以及死亡。關於這兩件在時間中重複地發生，但我們經常都不知該如何去相信的事。如何相信才不至於盲目，不至於人云亦云。在時間當中，許多事發生，我們受著這些事情的淘洗，一遍一遍。在每一個片刻檢驗著你相信與不信的事，看穿自己的淺與深。有時感到下一個片刻也許就是歧路，但所有的歧路也是完整的同一。

013:012

在二十一世紀訂婚

那陣子，我身邊有兩個人要訂婚。一個是我的朋友小芝，另一個是我妹妹。

小芝比我大上兩三歲，也就是說她的婚期晚過一般爸媽希望的年限（我自己的話大概在三年前就已經超過我媽能忍受的單身年紀了。三年前我媽宣稱「妳訂婚的時候我要穿這件」的那套衣服，現在還掛在衣櫃裡的原位）。

也許，晚到的婚姻，會顯得不那麼是為家人而辦的一個儀式。畢竟都已經單身獨立地生活了那麼久，爸媽哪能一下子就奪回權柄，再度把妳放在他們列管對象裡啊？所以當結婚這件事在小芝生命裡發生的時候，我作為旁觀者目睹她清晰而有主見地計畫、主導著大部分的細節。

當然還是有些事必須向爸媽妥協，比如請哪些客，送多少喜餅等等，這些得當作租界割讓出去，以交換他們讓你搞鬼的空間。親戚的喜餅讓爸媽去送，自己朋友則可以不送傳統喜餅，代之以比較精緻的手工餅乾（於是我們為自己的福利而踴躍提供意見，要她去試吃好幾家餅乾蛋糕果子舖，甚至有人要求用

Haagen Dazs冰淇淋代替）。她還想為訂婚會場加上一點設計，到迪化街布莊找來了花布，計畫顛覆喜宴的桌巾。

她做這些事時有一種興高采烈的好玩，想辦法要在儀式化的規矩裡塞進一些想像花樣。婚姻當中，站在外部觀察時覺得很陳腐老套的那些事（其中以柔焦鏡氾濫的婚紗照最稱經典），真的親身去做好像反而新奇，以至於我聽她描述時總是有種「小姐，妳好像不是在結婚，是在做人類學考察耶」的感覺。

話雖這樣說，最後的結果也不是事事都能照預想的進行。婚紗拍出來她搖搖頭說很失望。本來以為可以拍得不一樣，結果還是無可避免地落入了固定的俗套。她這樣說時我才忽然意識到，原來舉辦一場婚禮，你是在跟整個巨大的婚禮流行工業對話啊。包括婚紗，攝影，婚宴料理，場所佈置，每個環節你都會碰到一些制式的想像，感覺自己像被擺上了流水作業線，製造成一個跟別人一模一樣的新娘或新郎。這其實很可以是一次重大的人生考驗，考驗你能在這巨大不移的結構前討價還價，搶到多少便宜。

我妹的情況就不一樣了。

住在美國，她的訂婚少了這些台式婚禮的老套。基本上訂家高級的中國餐館，雙方家長一起吃頓飯就是了。

可是我妹對該穿什麼衣服很傷腦筋。穿得太正式了，怕跟中國餐廳氣氛格格不入。穿得簡單，又沒有訂婚的感覺。她大概把舊金山的街都逛翻了，最後鎖定三件洋裝小禮服。從這三件入圍名單還是沒法決定出最後的優勝者來。（她可以幫大公司做理財分析，卻沒辦法選衣服！）

於是我那住在美國東岸的姐姐插手幫忙了。一通電話，她們同時間走進某服裝品牌在紐約和舊金山的分店，手機拿在右手（兩個人都是右撇子）：「看一下這個型號的衣服」，我姐說，把我妹在手機裡唸的號碼複述給店員聽。然後兩個人就隔著大片的美利堅合眾國國土，對同一款衣服品頭論足。

這樣還是做不了決定。通訊網絡只好再延展到台灣。

我姐跟我媽在電話裡描述了半天，我媽也跟著焦慮該買哪件好。但是衣服要是能用說的就做準，那也不用逛街了。我只好拿出筆記型電腦來上網，進入那個服裝品牌的網站，把我妹考慮中的禮服照片叫出來秀給爸媽看。

這是幹嘛？簡直就是網際網路時代的一幕活廣告嘛。螢幕上是一件銀白色緞面的小禮服，及膝A字裙，腰帶上斜墜著一朵同樣銀白的山茶花。另一件是介於豆沙與咖啡色系之間，裙長到小腿，胸前別一朵酒紅皺紗花。

當我爸媽專心地盯著電腦螢幕看，討論哪件禮服好時，我實在很難忍住不笑出來。這一幕，完全符合手機或電腦廠商在廣告中一再強調的那種科技、人性、溝通、分享等等的訴求嘛。不知不覺我們（包括我那從來不用電腦的爸爸，還有每隔一段時間就忘記怎麼使用手機電話簿的媽媽）竟然就進入了廣告中標榜的那個「無遠弗屆」、「暢行無阻」的世界。

如此這般，豆沙色小禮服在兩回合的討論後勝出。手機跟電腦廠商真該頒獎給我們全家的。一個二十一世紀家庭籌備訂婚的過程。

無岸之河

那陣子，我家的電視經常開在韓劇頻道上。

不過看電視的不是我，是我爸跟我媽。他們尤其喜歡看蔡琳演的《青青河畔》。在劇中蔡琳是一個富家千金，為了嫁給一個貧窮的汽車業務員而鬧家庭革命。好不容易嫁過去，問題來了，富家千金搬進跟婆婆同住的小公寓裡，卻連洗衣機都不知怎麼用。她越是認真地想當個好媳婦，觀眾就越有笑話看。婆婆生日她親手煮料理，可是海帶湯不是太鹹就是太淡，最後跑回娘家請槍手，從家裡把媽媽的料理連湯帶鍋搬過來頂替。

每天準時收看這齣戲，已經變成我爸媽生活中最規律的一件事。晚上十點一到，他們坐在沙發上，笑得眼淚都要飆出來：「跟小惠一模一樣！」

小惠是我姐姐，五年前結婚，住在國外。她也是屬於結婚前家事能不做就不做的那種人。我去紐約住在她家的時候，依循「看不下去的人動手」原則，每天都是我洗碗。我爸跟我描述《青青河畔》海帶湯一幕時笑著說，你姐要是在台灣一定也是這樣。他太客氣了，我敢保證會更慘。人家是回娘家找媽媽幫忙，可是我們家的媽媽也是出了名的不會作菜。

顯然爸媽之所以那麼愛看這齣韓劇，除了戲本身好看好笑，還有別的原因。這戲裡頭有個角色，非常像他們遠在他方的女兒。這個女兒如果在台灣的話呢，他們百分之百肯定，一定也會弄不懂婆家的規矩而鬧笑話，一定也得從頭學起怎樣當個好媳婦，一定也經歷離開父母建立小家庭時的種種難題。本來，為人父母，他們也會是這個過程中的一部分，負責提供女兒人情世故的背景知識，充當老一輩生活禮俗的智囊，在婚姻生活無可避免的摩擦中，聽聽女兒抱怨，或仍舊把她當小孩子般教訓，補足前此缺少的婚姻實戰教學。但是，因為我姐婚後住到了遠方，所以爸媽沒能參與這個過程。偶爾在長途電話上說兩句，自己心裡也知道僅供參考，女兒女婿住的那個地方，不見得適用他們習慣的生活道理。

意外地，竟然是韓劇為他們提供了參與女兒婚姻的經驗。藉由一個個性跟我姐很像的角色，他們在電視機前演練，各種可能會發生在我姐身上的婚後狀況。不會煮飯，忘了把衣服從洗衣機裡拿出來晾乾，出門買菜只想著要去找先生一起吃午餐……在他們心目中我姐跟蔡琳一樣，紕漏百出卻又樂觀愛玩得無可救藥，簡直就是過著扮家家酒般的人生。爸媽看著蔡琳在電視上出糗，笑著說「很像！真的很像」，他們旁觀這齣喜劇，彷彿裡頭的情節都發生在自己女兒身上，我姐就跟真的幹了那些糗事沒兩樣，只是免除了現實世界裡家庭紛爭的殺傷力。想起來時就把我這唯一在身邊的女兒抓來機會教育：妳看，對長輩的禮貌就是要這樣子、那樣子！

看著我媽跟遠在美國東岸的姐姐用長途電話討論居家問題（怎樣滷肉啦、怎樣炒米粉啦、衣服沾到醬油怎麼辦啦），總是使我對台灣式定義的國際化有一種奇妙的感覺。

一個朋友說起他家最近的一次全員到齊，大姐從新加坡，二姐從舊金山，三姐從台北，小妹從雪梨，我的朋友從嘉義，大家一起回到老家集合。搬了藤椅坐在門前的空地上，把童年記憶掏出來比對，然後驚奇地發現每個人記得的是完全不同的細節。

我家也是姐姐妹妹都在國外。

也許我們家庭的遷徙擴散從我父親離開宜蘭鄉下到台北讀書工作開始，或是更早，我爺爺從西岸的竹南搬到了宜蘭之時、從無法追溯的祖先自閩南乘船移民台島時，就已經發動了，這個停不下來的過程。

我們所在的這城與鄉、國內與國外流動的移民社會，使我想起李維史陀描述過一條南美洲的河流：

> 河流流過多岩石的地方，有時被分成好幾條河臂，然後再匯合；河中的暗礁有時把漂流而下的整棵樹絆住，同時也擋住不少泥土和片片塊塊的植物。這樣子形成的小島上面，植物很快生根，連大水所帶來的一片大混亂也對之毫無影響。樹往四面八方長，花在瀑布上盛開；很難說到底是這條河在灌溉這個奇妙的植物園，或者是植物和藤類長得太茂密，快把河流悶死。這些植物不但能垂直生長，而且能往空間裡面的任何方向成長，因為土地和水的區別已經被取消。再也沒有河流，再也沒有河岸，有的只是一片亂七八糟的矮樹林，由水流加以灌溉，同時堅實的土地似乎升起於泡沫之上。

高中，第一次讀李維史陀的時候，我想成為一個人類學家。在爸媽不知道的情況下（他們還以為我會去讀法律系呢），秘密做著走入未知之地的夢。我一直覺得自己會是這家人當中跑得最遠的一個。

結果命運公佈的答案完全相反，只有我留在爸媽的身邊。

我那住在舊金山的妹妹要訂婚了。爸爸跟我商量：「妳書讀比較多，妳看這訂婚怎麼辦法比較好？」

我是坐在客廳看報時聽見他問了這個問題。嘴裡「嗯」了一聲繼續看報，有一點好笑，低下頭眼睛卻紅了。那些習俗禮節儀式，我年少時痛恨為虛假僵化，巴不得逃開的，現在竟是這樣地和我發生了關係。

妹妹的男友是在美國出生的華人，他爸媽很願意尊重女方習俗，表示一切照女方說的辦。可老實說我爸媽也不是那麼懂，而且人在國外不免要有些權宜省略。該怎麼個辦法，辦到什麼程度？太嚴謹，女兒人在國外，上班又忙，這不是給她找麻煩嘛？太簡化了，怕人家以為我們隨便，也委屈了女兒。於是我媽開始打電話問年長的親戚。我爸開始問我這個「書讀得比較多」（其實完全派不上用場）的人。

如果是在一個不那麼流動的社會裡，習俗會構成堅實的河岸，規範人情義理的流向。事情會顯得簡單，但也付著陳腐僵化的代價。而我們比較像李維史陀說的那種沒有岸的河流。遷徙到了他方，接上了別的生活環境，就衍生出種種的權宜與變形。

星期天，我打電話給一個朋友。不知怎麼他忽然論起後現代，說後現代其實是在地化，怎麼這個詞彙現在會給弄成這樣。

那時我聽著他說，心裡秘密地湧起一種溫暖的感覺，而這感受他畢竟不可能知道。這些我們掛在嘴邊的大名詞、跨國際的概念，彷彿南美洲一場大水，其浮力承載著種種論述與想像。但我們其實是在李維史陀的河裡，沒有河流，沒有河岸，最堅實的土地奠基在最浮動的水沫上。

這就是在地化。

在地化不是被拿來跟Starbucks對舉的紫藤廬，也不是那些刻意造做出來的文化產業。

就是現在，這裡，此時此刻的實相。在地化便是進入這不斷瓦解改變，不斷死去也不斷新生中的一切，因為我們早已在裡頭了。

天暗下來之後我坐在沒有點燈的房間裡，週遭黑暗彷彿是種溫暖的浮動。像水面泥團上一株漂浮的小草根，對於根莖所短暫依屬的那一小塊土壤、及帶著它漂盪的水流，偷偷依戀地撒著個無傷大雅的嬌。

就是這裡，不可能是別的地方。

旅行的意義

我的旅程在夜間三點開始。少見地失眠了，爬起床寫了下幾個句子，又倒回床上去。一些念頭在心裡反反覆覆地來去，我像看一部陳舊的電影般冷眼看著它們。起來上了三次廁所，倒了兩杯水。下定決心天亮以後要做一件什麼事，卻在清晨掀開被子時感到，再也無所謂了。

這樣的一個幻影幢幢的夜晚，覺得自己走了那麼遠，好留在原來的地方，好在白天穿上天光，像個正常人般地出門上班。一夜長途跋涉，我的腿都瘦了起來。

陳綺貞的單曲〈旅行的意義〉，是她以獨立發行的方式出版的第二張單曲，不見於主流唱片行，只在特定的一些咖啡館能買到。在網路上的一段錄音裡，她說明這樣獨立發行單曲（而不是等到寫足了數量的歌後才發專輯）的原因：「有時候做完一張唱片，說了很多東西，反而把每一首歌單純想說的東西沖淡了」。採用單曲的形式，可以「把每一首歌先說完，單純是那首歌的想像力、當它被放在專輯裡時顯現不出的魅力」。

從創作者的角度，這當中牽涉到創作節奏的自由；從聽者的角度，則一首歌就只是一首歌，而不是專輯中的第三首或第四首。全長四分零五秒的這首歌結束後，你又在週遭的寂靜裡了。就在那裡停了下來，而不是被下首歌搶拍出現的前奏趕著跑。於是你和那首歌遂有一種唯一的關係，要賴般地停留在它為你創造出來的單獨時間，並且也，單獨地承受它結束之後的抽空。

於是我在那樣單獨的、與一首歌的關係裡，想起我的一些旅程了。那些被我週期性發作的想離開、想跑到個什麼地方去的劣根性所教唆的旅程。（那不就是〈旅行的意義〉這首歌的主題嗎？）有一年我在沒有告知家人的情況下悄悄從愛丁堡去了紐約。在台北的某個秋天飛一趟倫敦只為了聽Coldplay演唱會。當然還有更多沒成行的旅程。那年無論如何都要去日本，卻被種種紛至沓來的事件解消了決心。還有明明早說好了，我們的新加坡朋友麗萍結婚時大家都到那兒集合，我卻臨時卡在什麼情緒裡，覺得自己哪裡也去不了，甚至連邀請函都沒回。

那些旅程竟然都過去了呢。我是怎麼到了紐西蘭的基督城的，在河邊的咖啡館裡寫著長長的信。另一次，明明是談著戀愛的時候卻忽然把自己抽走，到西雅圖住了幾個月。（後來果然就回不去了。）還有離開愛丁堡的那年，不管旁人怎麼說，都一定要回台灣。帶著最後的行李坐上往機場的計程車時，住了三年多的城市在窗外變得那麼不真實。

在博物館遇見來自俄羅斯的歐嘉。她說有一次從北京搭火車到莫斯科，穿越西伯利亞大草原，一共花了六天。「好棒啊！」不用照鏡子我都感覺自己眼睛在發亮了。

「好棒？」歐嘉的眼睛不但沒有發亮而且還往上翻：「第一天、第二天很棒，到了第三天第四天，真——想——死——。」

想想也是。在狹窄的車廂裡關上六天，每天在鐵軌上鏗啷鏗啷地移動。恐怕有好幾天窗外是一成不變的風景吧？但不知為何我們總對那樣長程的移動有種迷戀的想像。為什麼那移動的意象，帶有一種迫近的力量感，彷彿是自由的。也許就像陳綺貞歌裡說的，離開就是旅行的意義。截斷連貫的生活，把自己從延續的時間之河裡打撈出來。即使混身濕淋淋還滴著日常的習慣，卻希望孤身前往個什麼地方，讓陌生的太陽把自己曬乾。曬到身上的每一個毛孔都張開，曬到乾渴地想望一條河流為止。

如果，這個失眠的晚上就只是一個晚上，並不連結到第二天該做什麼，怎麼做，彷彿把自己從一張專輯還原到一支單曲。我在心裡默默為自己許著旅行的願望。一趟無形的旅程。並不真的去什麼地方，不是那麼外在地逃離。只是醒來以後，不想再懷著現在的這些念頭了。然後我忽然意識到其實我已經擁有那麼多的旋轉門。一個下午到別人家去溺愛他的貓。走進朋友的研究室去借用窗邊的位置。以MSN拯救一秒鐘的無聊。躲進一本小說。從一個劇場出來。長久以來我都是，一趟又一趟地從自己走開。

夜奔

有時在夜間走過小巷，晚到人車靜寂的時刻，會看到柏油路面上小小的暗影跟你一樣行路匆匆。它們的顏色與路面十分接近，你必須憑藉它們背翅對路燈光線的黯淡反照，辨認出那些以一微小的弧度凸起在路面之上，且迅速移動著的身形。

一個夜晚有幾隻蟑螂試圖橫越巷子呢？有的看起來是打算從左邊的樓房遷徙到右邊的。有的從右邊遷徙到左邊。不知它們各自是遵循怎樣的遷徙召喚。好像從來沒看過兩隻蟑螂在路中間停下來，用觸鬚彼此心電感應一下，交換住家情報之類的。（可能它們很不屑吧：「哼！螞蟻才幹那種事。」）難道它們當中流傳著某種蟑螂版的 *Taipei Walker*，知道哪裡有什麼吃的，運用的是什麼樣的嚴選素材？不然兩邊都是尋常公寓人家，幹嘛冒著被機車輾過的危險，巴巴地爬出圍牆，往對岸投奔而去啊。

法藍向我講述他的遭遇時，我腦中出現的就是這幅蟑螂夜奔的畫面——僻靜的暗巷裡，零星地，從黑暗牆角爬出的蟑螂，各自朝向相同或相反的方向，匍伏、偵查、迅速前進。中途有幾隻在這遷徙的途中陣亡了，死於跟它們選在同樣的時間穿越路面、且不大理會其他物種的人類腳下。

法藍從倫敦來，住進台北某飯店，很不幸地發現飯店老舊得不符預期，並且以他拿下了眼鏡後、不甚銳利的眼角餘光，瞥見牆角有個東西在移動。那時他背反了他「旅行時應隨遇而安」的信念，想：「夠了！如果是蟑螂，我立刻搬出這家飯店。」幸好在戴上眼鏡，恢復視力後，他發現在牆角挪動著的不是蟑螂，是一隻大蜘蛛。

為什麼蜘蛛就比較無所謂，蟑螂卻會讓人立刻搬家？我自己也是那種，一發現有蟑螂出現在房間裡，就只好把整間房間讓給它，帶著小說、茶杯、枕頭去逃亡的人。到現在我也無法解釋，幹麼那麼怕蟑螂。會飛的，無聲無息突然出現在角落裡的，巨大油亮的，介於幼蟑與成蟑之間因此背上有著令人起雞皮疙瘩的紋路的。半夜裡你從睡夢掉了出來，覺得喉嚨乾澀，到廚房去倒一杯水，打開燈，它就在那兒，在地板拼花瓷磚的正中央。你一下子醒了。它也醒了，醒在一個乍亮的空間裡。那令它感到安全的黑暗被一下子抽走，所以它也嚇得呆掉了。有幾秒鐘你們就那樣對峙著。它的觸鬚以一種尖銳的緊張感僵懸著不動，顯然也在等待與觀察。

你想，從門口走到茶壺的路徑是安全的嗎，你的落腳點跟它的距離是夠的嗎，它會不會驚慌失措中弄錯了逃走的方向，結果反而撞上了你（這是我一次不幸的親身經驗）。你們心裡想的事情可能是一樣的，都想不計一切與對方保持距離，卻不知道能不能信任對方保持冷靜。不知道你開始動的時候，它會不會知道該往什麼方向前進，才不會爬上你的腳。或者它會不會——更糟的情況——忽然就飛起來了。

當你終於下定決心，一步踏上廚房的拼花地板，它彷彿，也下了決心似的，掉轉頭狡捷地溜進流理台的下方了。於是你鬆了一口氣，在警戒中完成倒水的動作。你們像一對住在同一屋簷下的怨偶，小心翼翼避免自己的路線（或視線）與對方重疊。並且在房門關上後，如釋重負地，努力忘記對方的存在。

父親每次目睹我因在房間發現蟑螂，而開始進行抱著枕頭小說毯子茶杯的大搬遷，總是覺得我很荒謬：「這麼大的人還怕蟑螂！」這是我在他心目中，仍是個小孩子的諸多事證之一。其實，真的不是大小或力量的問題。我確實無法解釋為什麼蟑螂具有讓人類頭皮發麻的特性。是因為它比我們城市生活空間裡所能夠見得到的大部分昆蟲，都來得肥大嗎？是因為長相嗎？是因為它突如其來的出現，讓我們想起自己並不真的擁有這個空間，即使你付了房貸？

這種無理可說的恐懼，讓我想起克拉克的科幻小說《童年末日》。那些接管了地球，帶來世界和平，有如神祇一般的外星人，一開始神神秘秘的，不肯讓人看到他們的真面目。後來人類才發現原來這群救世主們長著黑皮膚，尖耳朵，長尾巴，換句話說，就跟西方傳統認知裡的魔鬼一模一樣。為什麼沒見過外星人的人類祖先，會創造了跟他們一個樣子的撒旦形象，並且環繞著這個形象，不斷繞射各種恐怖的幻想呢？幾個世代過去，當這群外星人在為人類創造沒得抱怨的和平與文明之後，也將地球導向終結，人們這才理解，他們的祖先之所以對撒旦形象那麼地恐懼，並不是因為他們有在這些外星人手裡栽跟斗的實際經驗。令人恐懼的事，不是發生在歷史上，而是在未來。前代人類不理性的恐懼，乃是從末日而來的反響，迴蕩在過往歷史的每一個時刻——這真是我看過最嚇人的推論了，似乎暗示著我們的種種沒道理的恐懼，說不定不是源自童年被嚇到的經驗，而是未來將會發生的恐怖事件的回音。也就是說，以後還有得怕呢，現在只是先預習而已。

我絕對不希望未來發生什麼跟蟑螂有關的大事件。即使如此，當它們在夜間穿越巷弄，進行著不知為了什麼目的的遷徙時；當我在夜間的路面，看見那些小小暗影，而緊張地與它們保持距離時，我想我在它們眼裡可能也不過是另一物種的夜間活動者。攜帶著與它們身上病菌量相當的煩惱或慾望，朝向不明的方向投奔而去。

地圖

有一天我走進一家連鎖賣店，想看一款ＰＤＡ。在櫃檯前有個年輕女孩，走過來向我介紹另一廠牌的新產品。她穿的不是賣店的制服，因此我想是廠牌派駐的銷售員。她顯然不是很有經驗，可能只是假期打工的學生吧，在說明了幾種功能，而沒能引起我興趣後（我有點為難地考慮著，怎樣程度的沒興趣表情，還算是有禮貌的範圍），她說話的節奏越來越慌亂，最後似乎感覺到我是準備轉身離去了，焦急地（她說話的速度幾乎跳拍了）拋出最後的吸引力：

「最神奇的是，它有衛星導航功能喔！」

我最終還是什麼都沒買地走了。但因為她看起來太慌亂，我不好意思走得太決絕，於是多留了一會，看她手忙腳亂地示範ＰＤＡ的衛星導航功能。「比如說：我現在輸入：我要從台北車站：到敦化南路：」她不停地輸錯字，按錯功能，我簡直要替她滿頭大汗了。最後她乾脆叫出預設好的地圖出來做範例，地圖終於成功出現時，一個紅色的點在上頭移動，表示使用者的現在所在位置。到哪裡轉彎，還有多遠，看起來是很清楚沒錯，那個移動的紅點暗示著，天上有東西知道你在哪裡（不是上帝而是衛星），似乎真是不可能迷路了。

我不開車，那衛星導航系統對我不大派上用場。但每一回出國或到了什麼陌生的城市，幾乎地圖總是隨身必備。在城市裡待得越久，越是常被雜誌上的一間小店，或沒人聽過的一家小博物館吸引；越是常跑出「去那裡瞧瞧吧」的念頭，就越需要詳細的地圖作為佐助。一開始在地鐵站裡拿的觀光客口袋地圖不夠用了，換詳細一點的；又不夠用，要整本的，每一條街都能從索引查得出來的地圖。那是一個把城市的陌生收編為熟悉的過程，雖然收編的過程不斷發現更多的陌生角落，更多需要檢索的目的地。習慣了之後便養出還算得意的讀圖辨位力，站在路邊張望一下街角打開地圖，然後就：「嗯，走這邊」，這不算大的本領在帶媽媽旅行時總被她稱讚。雖然更高招的是像我媽那樣，根本不需要地圖——我是她的衛星導航系統。

這讓我想到一本關於地圖的比利時漫畫。故事有個很卡夫卡的開端，一名年輕的地圖繪圖師，要到某個國家地圖中心去供職。他發現自己走入一荒涼的地帶，風中颳來的是古地圖的碎片。這樣在懷疑與疲憊中持續行走，終於來到巨大無比卻破敗如廢墟般的中心。

接下來便是這年輕的繪圖師，在地圖中心裡的種種遭遇。地圖中心的內部，正如外部世界的縮影（如果還存在著外部世界的話），有各種不同性格的角色人物。一位老地圖師，老手工藝匠般地篤信著他讀圖的技藝。信奉自動化機器的年輕地圖師，使用機器自動而精確繪製地圖。中心裡也存放著各種各樣的地圖。有我們熟悉的，以經緯線規範的地圖。有地景畫般的地圖。有個女孩皮膚上有的色塊，她整個人就是地圖。

為什麼地圖那樣迷人，老是讓人覺得有些故事可說？也許是因為它在指引的同時也在誤導；告訴你些什麼，卻又漏掉更多。用一條藍色細線代表河流的同時，也遺漏它的氣味，它河口的潮汐時間，河岸上的濕氣，每天早晨的霧，堤防，荒地，垃圾。一個淹死了的孩子的故事。一個沒淹死的孩子的故事。

地圖是那樣工整地與它描繪的地景對仗，一條街是一條街，一片綠地是一片綠地。以至於你幾乎以為一張城市的地圖就是城市本身，就說明了整個城市。就像語言，就像我們對這個世界做的任何詮釋努力。

第一次在倫敦住上三個月時，我有一本很好用的*London A-Z*，口袋尺寸。那是我第一次在一個陌生城市住得久到需要整本詳盡地圖作指引。我如果在報導倫敦每週活動的*Time Out*雜誌上看到了什麼想看的展覽，想聽的音樂會，只要按著地址街名檢索，總能很快查出，那地方在哪一塊城區，最靠近哪個地鐵站。那樣的便利與詳細，使我幾乎以陌生為熟悉。大衣口袋裡揣著一本地圖就不怕迷路了。

要到很久以後我才想起，真正的迷路原來不以地圖為解方。那些日子當我站在路口而有些突來的惶然時，並不曉得那原是地圖不能解決的問題。我以為自己正一點一點地踏遍這個城市，卻不知城市也正向我展示它的陌生，它的不可趨近，它在我面前隱晦而去的種種。而又是在更久以後我明白，那些捉摸不住的迷途感，原來是城市為我張開的另一張地圖。

城市上空的氣團

一個下午，有個職員向我走來，手裡拿著幾張表格。她擺著一付嚴峻兇惡的臉色，理直氣壯地，像個債權人般地在我桌子前停了下來。我看了她向我遞來的表格一眼，就明白她來找我的目的。然後我知道那時我一定是，像聞到了什麼刺鼻氣味那樣地皺起眉來了。

先前我分明已經，把填表所需的資料都整齊地打在一張紙上給她了。那張紙現在就拿在她的手上。難道連從條列的資料中，找出需要的那幾筆，填進表格這樣的事，她都不能夠自己做嗎？

那時我正在為幾件有時效性的案子傷腦筋，被這樣瑣碎地打斷，幾乎已經在失去耐性的邊緣了，又隱忍下來（純粹是為了不想多花時間爭辯）。低下頭，把表格填了，檢查一次，「是這樣的」，交還給她。

初時我並沒有注意到那微妙的改變。在剛剛兇惡地走進來的那個人，與我抬起頭、要把表格還給她時的那人之間，出現了某種斷裂。那是後來回想才顯得清晰的事情。我把表格交還給她時，她的表情忽然變了。「謝謝妳喔。不好意思。」好像剛才進來時嚴密武裝的表情突然間離她而去了，霎時她顯得赤裸無助，甚至是不知所措的。這樣茫然道著謝地走開去。

那瞬間忽然的表情抽換，我至今記得非常清楚。幾乎使我也立刻就愧疚了起來——差點對這個人發脾氣了哪，我其實已經在心裡嫌棄地想：「喂妳也太好混了吧。」她為什麼一開始要那樣氣勢洶洶地走來呢？是認為我會拒絕她嗎？但當我準備好防禦，她的攻擊卻忽然消失了，顯露了她或許從一開始就毫無惡意的面目。

像這樣的事，總讓我對這世界產生一種迷離恍惚的感覺。在你正要對它生氣時，那個氣憤的理由卻消失了。像是暴雨之後突然出現了青空，你對暴雨的埋怨還沒完，它已經不復存在了。場景的抽換進行得那樣迅捷，彷彿經過縝密的排練，而你是那個在排練時打了瞌睡，以致於錯過情節發展的演員。或者，那迷惑的感覺，只是因為你還沒看清楚事情的本質。看清在你面前的這個人，他推到你面前的表情，只是出於自我保護的偽裝罷了。孤單偽裝成愛。不安偽裝成憤怒。恐懼偽裝成歇斯底里的嘮叨。而偽裝總是會輕易地瓦解消散，你甚至不必，來得及反應什麼。

週末的晚上，聽著The Perishers的新專輯時，我想起這件瑣事來。一件零頭般的事。像抽屜角落裡那些舊名片、手機附的吊飾帶、落單的電池之類，用不上卻又沒扔掉的雜物般的畸零事件。並不能和什麼其他的事情歸成一類，合在一起拿來舉證論述這個世界的某條道理。但我還是想起它，像記起做過的一個夢的殘片。

當我跟朋友說起這個事件，他們比較關心的是，我為什麼這樣就幫對方把工作給做掉了。

「妳有沒有告訴她：『資料不都在這兒了嗎，不會自己看啊』？」

沒有。

「妳就是這樣。」他們搖著頭。「所以工作都壓到妳頭上。」

暴雨最厲害的那幾天晚上，我有時在半夜被雨聲吵醒。雨水重擊在水泥的房屋，在鄰居的鐵皮屋頂上，帶著毫不節制的破壞力道。天空是暗得什麼也看不見了。我聽著這樣的雨聲想，如果是在山上，或什麼比較沒有遮蔽的地方，不知有多驚人。那好像是忽然被提醒了，住在地面上的我們，是如何像個傷口般地朝著天空敞開，隨時可能受到它任意的沖刷。

過後的第二天，總是很容易可以辨識出昨天淹過水的地方。機車成排地倒下。垃圾出現在路中央。路上行人很少，大家似乎都預期馬上又會下起雨來。「氣象預報說是還有一個颱風在形成。」計程車司機這樣對我說。我們的城市忽然變得沉默了。戶外的活動不用說是取消了。好像霓虹燈也少了許多。彷彿連室內的活動也中止了，沒有小孩子的練琴聲，沒有鄰居那對夫妻經常的大呼小叫聲。在高度潮濕的空氣裡，這個週末比平常安靜了許多。城市上空彷彿形成一種無形的氣團，大部分的人因而靜默地待在家裡。不知是出於憂慮，還是謹慎地等待著什麼。

我聽著The Perishers。CD播完後就聽著外頭街巷異常的安靜。想起在工作場所遇見的那人，一開始毫無道理地兇惡而來，後來又不知為何露出顯得抱歉的神色。忽然覺得我們這在雨中安靜下來的城市，好像也正處於同樣的茫然不知所措。忽然被這一場大雨提醒了什麼似的，丟下了平日理所當然的喧騰吵鬧。彷彿洗去了偽裝。竟自不安地抱歉了起來。

三個人去逛一〇一

我妹好不容易決定了她的訂婚禮服，我媽就開始煩惱她該穿哪幾套。於是我善盡一個女兒的責任，坐在床沿幫她選衣服——只能坐在床沿，因為床上大部分的空間都被她擺滿了衣服。其實選擇也並不是很多，去掉季節不合適、場合不合適，還有我姐訂婚時穿過的，我媽心裡已經有屬意的一套。所以我的功能基本上是為她的決定增添信心——「好不好？」「好！」「夠不夠莊重？」「夠！」「顏色是不是太暗？」「怎麼會！」

接下來是我爸。我爸自從退休後就不穿西裝打領帶了。並且他略略胖了點，從前的襯衫都不能穿，所以星期四我跟朋友去一〇一大樓時給我爸買了新襯衫。誰知道回家一試領圍還是太小。那個星期五，正巧碰上一〇一發生工地掉鋼片的新聞事件，從中午開始停業二十四小時。這樣一耽擱，我到星期天才拿衣服去換。店員好心提醒我：「袖長要不要改呢？」唉，忘了量我爸的袖長。萬一還得改的話，說不定會趕不及讓我爸帶出國。只好打電話回家請我媽量。

結果，可能是對我媽拿著捲尺在他身上比劃不勝其煩，可能是擔心搞不定我妹訂婚要穿的這麼重要的衣服，也可能是對連日來電視報導個不停的一〇一感到好奇了，我那向來不喜逛街的爸爸竟然決定親自跑一趟。於是我收起電話，到大樓門口去恭迎大駕。

站在路邊等我爸媽時，我看著那些經過的車輛，除了駕駛為交通安全理由而目視前方，其他乘客幾乎一逕在經過時對著一〇一大樓仰起脖子。這樣一輛一輛車開過去，我在想一〇一不知會使台北市產生多少扭到脖子的人口。仔細一看卻不是一般的逛街單位（情侶或同齡朋友），攜老扶幼舉家出動的不在少數。本來信義區華納威秀新光三越一帶常見的是更年輕有型的逛街族群，全身打扮給你一種「都已經穿這麼美了，應該不需要再買衣服了吧」的印象，但就是要在這種「不需要」的印象裡還繼續去買才是逛街的真諦。

一〇一的出現使信義區逛街人口結構出現了重大的反轉，大樓裡外幾乎都是像觀光旅行團那樣全家一起行動，整棟樓也以全家人一起去的超市最擁擠。事實上也沒錯，現在的一〇一比較像是觀光景點，要取得作為購物場所的正當性可能得等過一陣子。這時候到一〇一不像是要買東西，比較像是來撿個高空自由落體鋼片作紀念。

本來擔心我爸會覺得在擁擠的人群裡走上二樓很疲倦。結果我爸對一○一擠進這麼多人潮倒是饒富興趣，一路上心情很好的樣子。到了店裡，說到領圍太小時，我爸甚至說了個笑話：「因為我常在家裡跟太太吵架。」

店員反應很快：「喔！臉紅脖子粗！」

我在一旁對這位店員完全佩服，表現真的是太優了！

換完襯衫我爸主張去吃東西，逕直走進轉角的加州餐廳（完全不理我媽在旁邊說：「去看看樓上還有什麼嘛！」）。餐廳裡放著有點吵的電子音樂，意外地我爸倒不抱怨吵，而且很喜歡泰式咖哩雞。

接下來輪到我媽堅決主張，吵著要喝咖啡——真的是用吵的喔，我們本來已經出了大樓又被她強拉回去找咖啡廳坐。

我媽對這城市的種種場域比我更有感情。她老是到處想找地方坐下來喝咖啡，延長在那裡逗留的時間，不這樣不算是認識了那個空間。也許這是我們一家三口進入一○一的不同方式。我從功能面切入，迅速掃描品牌店面，找到要買的東西，買完不多逗留。我爸作為對逛街沒興趣的男性家長，注意力的兩個焦點分別是「人很多」（社會分析），以及「去吃東西吧」（晚餐規劃）。我媽呢，對她而言我跟我爸太有效率又太沒情調，她一定要坐下來慢慢喝杯咖啡，還要點一塊派。雖然這種時候的咖啡店又吵又擠，坐在裡面實在不是什麼悠閒的享受。二十分鐘後我跟我爸就都一付「什麼？妳還沒喝完啊」的表情。不過她還是在我跟我爸的注視下，慢條斯理堅持了四十分鐘。

仔細想想我們家一直都是這樣。小時候全家出門吃飯，我爸第一個吃飽站起來要走人，我媽還坐在位子上說「還沒啦」，喝著附餐的咖啡。我們小孩子焦慮地不知道要跟爸爸走，還是跟媽媽留在原地。等到我媽終於站起身，我爸已經在門外發動好車子了。他們兩人之間的速度差，竟然如此這般維持了超過三十年。

走出大樓時，天空正稍微開始變暗，遠處有紫紅色的晚霞。我媽像小孩子一般開心而熱烈地叫嚷：「氣氛好棒喔！」

我爸轉過頭來用一種共謀的、忍著笑的表情看我。我知道那時在他心目中我媽大概是十歲。我媽到底看到了什麼，什麼氣氛好棒？冬季傍晚天空的晴朗氣象嗎？排隊要進大樓的人潮？我們一家人難得一起逛街？或就是這新開幕的購物廣場、闊平的人行道、消費主義中鼓動的新奇感？我跟我爸絕不會輕易稱讚這些東西的。我們作為家裡必須出門工作的成員，跟城市有比較多接觸面，不肯那麼容易被它那套簡易的符碼收買。

第二天服裝店打電話來告知，調不到我爸的襯衫尺寸。也就是說我得在工作到八點半，目睹了幾場會議上無形的張牙舞爪刀往劍來後，趕在店關門前，去看看能不能選出另一件來替換。在計程車上我才疲憊地想起，還沒時間吃晚飯呢。媽，這樣妳懂了嗎？這就是為什麼購物對我不是什麼氣氛棒的事。

045:044

朝向那一日

距離我妹的婚禮還有十四天。這十四天裡我都要小心不要挑起任何跟衣服有關的話題……雖然這樣警戒自己，下午踏進家門時，我媽還是眼尖地注意到了我手上的袋子。

「那是什麼？」

「喔，這個啊？我買了一件衣服。」

來了吧。我就知道。接下來的對話方向我可以準確地預測，大致上她會先批評一番，然後又扯到婚禮當天的穿著。

果然：「又買了這種不三不四的衣服，那妹妹的婚禮上妳到底要穿什麼？」

（順帶一提，如果你想知道的話，她指的是一件DKNY淺灰色翻荷葉領上衣，雖然布面皺巴巴而且剪裁不對稱，但是才沒有不三不四呢！哼。）

基於死馬當活馬醫的進取人生觀——我媽正是憑藉這種人生觀走過了半個世紀，具體證據可見於她對我的教育方式——她從我的衣櫃拉出各種裙子來和這件「不三不四」的衣服配配看，看是不是能把它神奇地馴服為一件婚禮可穿的衣服。不屈不撓到連八九年前的長裙都翻出來了（天哪我剛到英國唸書時的Laura Ashley時期）。

這整個過程中我保持沉默沒有開口對她說：不必為難了，這件衣服實在跟婚禮一點都扯不上關係，就是我打算平常配牛仔褲穿的嘛。有些衣服生來就是要配牛仔褲的（好吧最大的讓步是那件麻質白長褲），就是不能配窄裙更不能配任何能被穿進一場婚禮的裙子。這是天生的。就好像我十六歲那年告訴我媽我天生不是念醫學院的料一樣。沒想到經過這麼多年我們之間的意見不同，基本上沒什麼轉變，只不過是從我的天生才能轉移到一件衣服的天生才能而已。

而我之所以沒有開口說出這些話，是因為這些話出口後她的反應，我也同樣可以準確預測——絕對會是：「又配牛仔褲？一天到晚穿牛仔褲。妳幾歲了啊妳。」

於是我放棄告訴她我眼中的服飾符號學。直到她放棄管教我的衣服。然後我們就又精準如咕咕鐘報時地進入下一個階段。「那現在該我。」說著我媽便開始拿出她打算在婚禮當天穿的衣服（更準確點說它們從幾個禮拜前就一直掛在衣櫥外頭沒收起來過），拿的皮包，戴的飾品，再度排演一次。我也只好再度重新回答她的問題：「拿這個皮包好還是那個？」哎，這應該是本週以來的第三次了吧？

　　這場服裝秀最後毫不例外地以我失去耐性作結。當我媽說，那妳呢妳那天要拿什麼皮包？我說，唉唷可不可以不要再來了！她（顯然感覺到我的不耐煩）說好好好不說了。然後忍不住又補上一句，是為妳好要妳漂亮妳還不知好歹。

　　對呀我也不知道為什麼。為什麼她那麼重視的事情，我卻那麼不勝其煩，對這扮家家酒般的禮俗感到虛假而一貫地排斥著。這也許是家人之間最不可解的謎之一吧。

　　就像我媽不知道我為什麼花那麼多時間看書，聽奇怪的音樂，或是加班（她的名言：「很認真做做不完嗎？」）。或是待在關了門的房間裡，手機關機。或是站在瓦斯爐前，一面用筷子攪拌著在滾水中浮沉的麵條一面沉默地發呆，而且寧願發呆。對她而言我一定是活在非常不真實的世界裡吧。竟然無法理解即將到來的這兩個星期真實意義的所在，乃是在於一次又一次的排演。在把衣服放進行李箱又拿出來重新組合與檢視，在問過還要再問一次地確認所有搭配的細節。這一切都像是一首樂曲中的漸升音階，那樣逐步地推向高潮。如非這樣，無法為那期待的一天做好準備。

我是繼續每天去上班，打算在婚禮前幾天才用最短的時間解決衣服問題的。而她是要每天在家裡，這樣一階一階走向她期待的日子的。一個女兒出嫁之日。肯定是她人生最重大的日子之一。那特別的日子便是這樣在每天重複的儀式中，逐步地趨近。世俗意義便是必須這樣在仔細盤算中被召喚，被累積，直到音階的頂點。

晚上，趁媽媽在客廳看電視時，我走進她的房間，看見她已經又把大部分的衣服收進行李箱了。還剩一套桃紅色的套裝掛在衣櫥上，在燈光下那幾個霧面金屬鈕扣沉默地散映著光線。我去巴黎時給她買的。收起來的衣服都用白色的薄紙包著。在那些比較仔細的服飾店裡買衣服時，他們會用那種薄紙幫你把衣服一件一件分開包，然後才放進印有店名的提袋裡。那樣的衣服買回來時，包裝薄紙她都一張張勻平留了下來。到像這樣準備出門的日子，就又拿出來珍惜地把衣服包裝得像新的一樣。「才不會勾壞。」她說。

媽已經很多年沒給自己買衣服了。那些商店在我們日常行走的動線之上，消費彷彿是一件順手的事。但媽已經脫離那樣的行走動線很久了，也不再有動力專程出趟門去逛街。於是往往是我去了哪裡帶了件衣服回來給她（通常不帶她去，因為她看到價格吊牌會覺得貴而不願買）。其實我經常很心虛慚愧，因為我給自己買的那些「不三不四」的衣服遠比給她買的好衣服多。那些她被動接受的，卻總是高興滿意的衣服，一件一件地，現在都仔細裹在服裝店的薄紙裡，像是倒返時空回到新衣的狀態。

然後我想，還有兩個禮拜吧。她最期待的那個日子。

小孩桌

我試著記憶小時候被大人帶去參加的那些婚禮或壽宴場合。出門前我媽拿出最好的洋裝要我們換上，在我們的頭上別緞帶花。經常都是在一陣忙亂當中，遲到三十分鐘，最後勉力光鮮地出現在一屋子親戚面前。

我想我一直，對那樣的場合懷有某種敵意。而且，直到現在都是如此。

那些場所，空間的形狀都好像被規定好了似的，即使是小孩，也能敏感地察覺到那不是說真心話的場合。有一些規矩，引導著、塑造著，那個世俗化到過份簡單的場合。我們穿著洋裝別著緞帶花被帶到那樣的場所表面，彷彿不只是去參加家族的喜慶活動，而是被推上前去面對一種強大的論述。在那些被談論個不停的新郎的職業、新娘的相貌、雙方的家世背景裡，隱隱進行著未被言明的比較與暗示，關於世俗的成功與失敗，關於表面化的美醜，關於人生得意與否的論述。在那之前，作為孩子的我們，已經在不知不覺中受到薰染。初期是從長得可愛、功課好壞的比較開始，漸漸，朝向一整套完備的，社會成功度的計分系統演進。

我想我一直沒能習慣那樣的場合。而且，或許暗地裡一直對那樣的場合感到不耐。當我們意識到大人在那樣的場合面前，會把我們裝扮成和平常不同的樣子，誇大我們說的話做的事，以炫耀不存在於我們身上的聰明或懂事時，我們是不是——即使當時還不懂得——已經有了種被離棄的感覺。開始意識到，自己並不是以當下實際的面貌被接受。我們是經過捏造，與塗改的。

那是遠在基因工程還沒進入一般人的想像之前，我們的存在已在大人的語言世界裡被施以符碼替換的工程。留下這個，拿掉那個。我們的某些行為會被誇大處理，某些行為會被略過不提。我們在言談中被修補，成為能被歸類到期望之中的樣子。那很可能跟他們愛不愛我們無關，只是在那套強大的世俗論述面前，事情自然就變成這個樣子了。

在外祖父母過世後，親族間的聚會一下子減少了。我與我的表兄弟姊妹們，那些小時候曾經一起坐在喜慶筵席中的「囝仔桌」的同輩，後來彷彿被大人各自帶開隔離地養大，成為沒有什麼共同點的人。偶爾從媽媽處轉述得知，誰誰誰生病了，換了工作，或是結婚了……不知道他們有沒有像我這樣，對婚慶場合中的親戚關係充滿懷疑？也許當中只有我，始終沒有從囝仔桌起身。

當年在那些場合中，被大人帶著逐桌比較或炫耀之後，囝仔桌是個避難所。你在菜上桌之前被帶過去，跟年紀輩分相仿的小孩子們坐在一起。囝仔桌是一種障蔽，是隱身戒指，坐下去你就暫時不需要再去面對那些大人世界的論述，可以趁大人互相讓菜敬酒聊個沒完時，享受一點小孩子的自由。除非你們一時鬧得太大聲招惹了他們的注意，或是有哪個小孩被弄哭了。

當年和我一起坐在小孩桌的，我的同輩們，現在是不是各自有了離開小孩桌，加入大人世界的策略呢？我想我是那個一直沒離開小孩桌的人。猜疑地看著那些大人推到我們面前的遊戲規則，卻無法明白清楚地向他們說不。

妹妹婚禮的前一天，按照西式婚禮習慣，新娘、新郎、伴郎、伴娘，與證婚人一干人等，到禮堂為第二天的婚禮排練預演，預演後所有人到一家泰國餐廳去吃飯（叫做rehearsal dinner）。

席間，伴郎和伴娘分別收到新郎和新娘贈送的禮物。我是她的六個伴娘之一，也收到禮物以及一張卡片，上頭寫著：「姐姐，我知道妳並不喜歡這樣的場合，但是妳還是為我這樣做了。謝謝。」

坐在我身邊的伴郎之一探頭過來看：「她用英文寫卡片給妳啊，真奇怪。」

那時我避開了他好奇的眼睛，聳聳肩，彷彿這是件沒什麼大不了的事。他是不會明白的，卡片上的話像是我與妹妹之間一次默契的交換。我從來沒有真正對妹妹說過，答應當她的伴娘以來，我其實有過幾次懷疑，是不是在做一件，連自己都不相信的事呢？但即使沒有說，她似乎還是理解了。

我但願她能有她理想中的婚禮。也許我們在建構生活意義的過程中，最後還是沒辦法逃脫地回到這些喜慶大事上。我們能為另一個人做的事情那麼有限，這些喜慶大事也就成為不同的人不同生命脈絡之間少數意義的重疊點。最終我們能做的，還是進入習俗規範的場合，配合地扮演，使那典禮的意義（即使是被構造出來的意義），能夠完滿如期待地發生吧。

對於這一切，我已經不知道自己是同意還是拒絕，是喜愛還是厭惡。也許我終於還是不能抗拒那親族之間高度世俗化的論述，與它潛移默化的力量，而開始在裡面扮演一個共謀的角色了。

前往美國參加婚禮的路途上，我開始了這沒有答案的懷疑。我想我該仔細地看著這整個典禮的過程，與我在其中的位置。我不知道我與這一切的關係是什麼。

也許我所做的這些，正是我一直厭惡的虛假偽善。也或許我的懷疑抗拒是因為，還沒完全從小孩桌起身，下定決心去學會大人世界的操作。也許必須真正進入那些操作，才能認出其中人情的難度與技巧。像是味覺發展得極為敏銳的美食家，嚐出醬汁中調和的香料或蕈類，而由衷地讚嘆廚師技藝的華美般，必須學會世界的規則，才會懂得那些嫻熟人事者的技藝。

也許，我一輩子都學不會了。

時間之窯

有些事情已經過去，但還沒完全變成回憶。還沒完全變成回憶，你就總以為還能對它做些什麼，還該對它做些什麼。想到也許應該打一通電話，發一則簡訊，或是坐下來寫一封信。可是再想一想，實際是什麼也不能做的。該說與該做的都已經錯過了時機。於是整件事在可以成為回憶前就只是懸著。甚至也還不到能對人說的時候，說出的話總是遺漏多於捕捉。這樣的事一下一下在心口上磨，直到，（也不知道被打磨了的是自己還是事情）有一天形狀漸漸清楚了。想起它的時候就只是想起，而不會想到還得做什麼。於是它就不再那麼懸在心口上了。彷彿放棄的同時也被接納，那一瞬間，它被送進了回憶裡。

德勒茲論普魯斯特的《追憶似水年華》，失去的時間不只是過去，也是浪費掉了的時間，無跡可循的時間。記憶中的事情，在某種意義而言，總是被耽誤了的，錯過了的。無論是自己放棄了改變事情，還是別的外力將它從你手中拿走。在你與事件之前不再存在著清晰的路徑，你不能站起來便去介入它、改變它。

於是，只剩下追憶作為唯一的介入方式。去整理，探問，究竟發生了什麼。

在香港機場轉機的時候，看見書店裡有章詒和的《往事並不如煙》，想著等回程時再買。四天後，在同一個地方轉機，走進同一間書店，卻只有經作者補充修改，牛津大學出版社印行的《最後的貴族》了。雖說基本上是同一本書，且作者在自序中說，這更換了書名的繁體字版更加完整，沒有刪節。但因為四天前曾經站在同一個地點，拿起過那冊《往事並不如煙》，卻又放下，這時總覺得若有所負，彷彿對四天前的那本書失了約似的。

上飛機後我開始閱讀，就此停不下來。真好，寫得真好——除了這樣的讚嘆，更多時候是說不清的觸動。本來，懸在我心裡的那些事，上飛機前困擾著我的個人記憶，現在彷彿被一個素未謀面的人、一個我不曾經歷的時代裡的另一些回憶給撫順了，納進了一條更大的河流裡。它們安靜下來，傾聽著自遙遠處傳來的聲音。

章詒和是「民盟」領袖章伯鈞的次女。一九四一年，在二次大戰尚未結束，國共隱然對峙的態勢之下，國共兩大陣營之外的一些政黨，於一九四一年結盟為「中國民主政團同盟」，後改名為「中國民主同盟」，簡稱「民盟」。參與創建民盟的靈魂人物，許多是曾留學國外的高級知識份子。對於這段歷史，台灣的讀者普遍並不熟悉，我們幾乎不曾知道，二十世紀的中國有過這麼一群知識份子，致力在非國即共的零和選擇之外，發出另一種聲音，建立制衡的第三黨。

這些國共之間的第三勢力，這群懷抱理想的知識份子，在政權不穩時或許還是統治者爭取支持的對象，政權穩固之後卻也是第一受到壓制的人。五〇年代的反右運動，民盟幾名重要領袖紛紛被打成右派，其中就包括了從此被戴上頭號大右派帽子的章伯鈞。

章詒和從小在父親往來的「右派」叔叔伯伯阿姨當中長大，《最後的貴族》裡她回憶了幾位敬重的長輩，寫他們每個人不同的性情，淡泊或熱烈的友誼，被出賣時的憤怒，被孤立時的寂寞，最最熱望又最不可及的自由。他們當中有作家，有政治人物，也有什麼都不是，只想按著自己的方式過日子的人。但外在環境並不容許他們總是自由，他們幾乎一無例外地被檢驗，被要求交代，在日形逼仄的天地裡調整著自己的生活。

我不想把這本書讀成一種政治的控訴，傷痕的文學，或是什麼名門之後的回憶錄。《最後的貴族》之所以動人，原因全不在此，是因為它那樣彰顯了「人」這個主題。控訴很容易與它所控訴的對象一樣，淪為一時，但對人的體會與凝視可以超越這限制。《最後的貴族》裡談到的人，他們的境遇是令人扼腕的。從部長而右派，從作家而囚犯，從名門公子而幾乎下放農村。他們是現代中國最有才情學識的一群人，遭遇卻也最為可歎。但因為作者對他們的認識不是一時的，我們也隨著她的回憶見到了，在時間中舒張開來的這一個個人完整的面貌。這些提醒了我們，人不只是時機、際遇的組合，還有作為一個人的質地。一個質地堅韌的人，在逆境之中，不是只受到磨損，而可能釋出另一種光澤。

不久前，我與一位法國陶藝家談話。那天他剛去一私人收藏家處參觀了一些陶瓷器皿。上車後他放鬆而開心地說，見到了許多美麗的，與有趣的東西。然後，彷彿擔心我錯過了這簡單的英語句子裡所涵藏的訊息，他補充地說：最美麗的，往往不是最有趣的。

「什麼意思？」我問。

他說，勉力用他不流利的英語解釋著。有些東西並不真的美麗，但從那些奇妙的釉色變化，他看出在窯裡發生的事。一件器皿像是一本打開的書，解開的秘密，你朝它望進去，看見曾經發生在它身上，在那高溫的窯裡，火焰與化學元素的對話。

車子衝上高架橋。

天氣極好。

我轉向前去面對大片的天空，心裡竟說不出地激動。

人作為一種技藝，它的內涵是那樣深邃。即使天地逼仄，時不我予，最終，當你在記憶裡回望，去完整地認識一個人，猶如辨認一件瓷器在窯中經歷的種種。那過程並不全然令人欣喜，人世間的醜惡總是比美麗更多。但人的某些最美好質地，竟然是在醜惡的環境中顯現，如同瓷器燒出罕見的釉色。

時間是一巨大的窯爐，鍛燒著每個人經歷的種種，一些循環往復的主題。分離。想念。困頓。得意。遺忘。以及回憶。

春雨

這個季節，連夜飄雨的話，早晨出門時我就有點期待了。到了我工作的那位在山邊的博物館時，會看見怎樣的山色。會讓霧氣給罩住了嗎，遠遠，遠遠地在飽含濕度的空氣中透出形影來。顏色與輪廓在進入眼睛之前，被空間中的水分子重重疊疊地掩蓋了，遂顯得近在眼前卻不可穿透。好像你一直甜蜜地誤解著的一個人。

這樣春雨的季節，總覺得有些什麼解釋不清的。曖昧地存在著，等你去看懂，卻也不推搡，不逼迫你的理解。就只是以它模糊的形貌與你並存在那兒。或許不過是心裡的一些影子罷了。要說小說的話，這時節適合讀樋口一葉。

樋口一葉是日本明治時代的小說家。從她二十歲發表第一篇小說〈闇櫻〉，到二十四歲那年病逝，只有四年的創作時間。但家境貧困，居住於東京庶民城區的樋口，生活在販夫走卒之間，肯定是通透地注視著過眼的現實吧。

我特別喜歡她寫藝妓的兩篇作品〈比肩〉與〈濁江〉。〈比肩〉寫一處繁華的街町，不但大人們做著各種的營生，孩子們也受了家境貧富，父母職業高低，住所位置的影響，而形成各種的小群體。當中有家裡是寺廟的信如，大街殷實的商戶田中屋的孩子正太郎，想跟正太郎競爭領導權、無奈卻因出身後街而矮人一截的長吉。這些孩子在由大人規範的世界裡，以自己的方式，發展出一種權力競爭的緊張關係，半像遊戲，卻也半帶有粗暴的認真。

在孩子們當中，似乎在茫然懵懂間逐步被推向大人世界的，是少女美登利。美登利的姐姐是街町上當紅的藝妓，因此寄住在藝妓屋的美登利也備受寵愛。

零用錢多，又常拿到姐姐的恩客們送的各種新奇小禮物，美登利過得就像尋常富裕人家的小女兒似的，絲毫不意識到那是姐姐以青春換來的酬報，而且自己遲早也是要像姐姐一樣步入風塵的。

我印象很深刻的是一段看來平淡的描述。經過一夜歡愛宴飲，這比其他地方晚起的街道，總也有人開始打掃了。這時，來自異地的藝人，打鼓唱歌的，演傀儡戲的，紛紛地來了。也許是為了接下來的夜晚，或是為那些藝妓們消磨白日時光吧。在街町像卸去濃妝般褪掉了黑夜的保護色，素顏暴露於日光之下時，經過此地的藝人們，不知從哪裡來，還要往哪裡去。街市的人們站在商店門口，好奇地指點觀看。美登利聽見文具店老闆娘讚嘆那經過的太夫，便說：

「伯母，我去叫那太夫過來。」便叭苔叭苔跑過去，拉著那人的袖口，也不知道她到底放了甚麼東西進去，笑而不言。

沒想竟讓那女太夫唱了一曲〈明烏夢泡雪〉的歌。唱罷嬌聲道謝：「承蒙照顧。」這可不是隨隨便便點唱得來的哦。

「喲，那是小孩辦得到的事嗎！」眾人不禁目瞪口呆，不看那唱歌的太夫，反倒盯住美登利的臉哩。

「真想把走過這兒的藝人們攔住，三弦琴，笛子，皮鼓，叫他們唱歌、跳舞，熱鬧熱鬧，教大家開開眼界！」

這是十三歲，還是個孩子的美登利，一次不知輕重的展示。在她眼前是藝人們穿梭流動，走馬燈般的世界，她以孩子的天真，大人的手法，使其中一名太夫為她而停留了幾分鐘，唱了一支曲。她哪裡知道這當中的交易關係，很快也會是她即將操持的行業法則。她跑上前抓住太夫的衣袖，輕淺地介入了眼前世界流轉的腳步，卻終也要加入構成那流轉的一部分。孩子們的競爭遊戲漸漸散了，有的要再去學校修習，有的開始幫助家裡的生意。有一天美登利忽然就被梳了成人的髮型，隱約感覺到自己即將脫離孩子的行列了。我們這才意識到原來樋口一葉寫的是時間。這時間是在街町的日與夜之間，一點一點，不被覺察地推移。孩子們是最不意識到時間變化的人，在玩耍與競爭中不知不覺便給帶到大人世界的門口。開始面對一些模糊的情愫，模糊到還說不出那是愛情或是別的甚麼。（也許本來所有的情愫都是模糊的。要不是我們都被電視劇帶大，以致於習慣了那幾種粗糙的感情分類，急著像辨認昆蟲標本那樣去分別：這是愛情、這是親情，那人只能做朋友啦！）

這個〈比肩〉，我覺得，就是一個發生在春雨季節裡的故事。所以清早起床聽到雨聲時便又想起，從書架上抽出來翻看，再一次地進入那個綿細輕緩，卻不可挽回的時間裡。故事在美登利收到一朵紙製的水仙花後結束。那匿名的送花人，悄沒影蹤的信息，全都模糊地，消散在早春的雨氣裡。

等待

約翰・賀博(Johann Peter Hebel)，我只在班雅明《說故事的人》裡讀過他寫的一個故事的片段。礦坑發生災變，死了一個年輕的礦工，他被埋在隧道底，屍體沒有找到。礦工本來就快結婚了，災變一夕之間改變了他未婚妻的人生，由新娘而成了寡婦，為他終身不嫁。很久很久以後的某一天，當年的未婚妻早成了老太太，已經換了好幾代的礦坑工人在廢坑道裡找到一具屍體，浸泡在硫酸鐵中沒有腐化。那便是老太太多年前失去的未婚夫。這次意外的重逢後不久，老太太也死了。

在故事中，為了表示當中經過了多麼漫長的時間，賀博寫道：

> 在這之間，里斯本毀於地震，七年戰爭發生又結束，皇帝法蘭西斯一世過世，耶穌會被廢止，波蘭被瓜分，皇后瑪麗亞德麗莎死了，司圖恩斯被處決。美國獨立了，法國和西班牙聯合艦隊拿不下直布羅陀。土耳其人把斯坦因將軍困在匈牙利的老兵洞，皇帝約瑟夫也去世了。瑞典古斯塔夫國王

> 征服俄屬芬蘭，法國大革命與漫長的戰爭開始了，皇帝利奧波德二世也進了墳墓。拿破崙拿下普魯士，英國砲轟哥本哈根，農民播種又收成。磨坊工人磨麥，鐵匠打鐵，礦工在他們的地下工廠挖掘尋找著礦脈。但當一八○九年法倫的礦工們……

一八○九年法倫的礦工們怎麼樣了呢？班雅明的引文只引到這裡。但是應該也不難猜到，大概就是在挖礦脈的時候挖到了那具屍體吧。這時，歷史的時間又接回了故事的時間。從公眾的不斷被政治史事件推移改造的多變世界，又回到一個老太太平靜無波的晚年。他們把屍體從礦坑拉出來，老太太見到了她年輕時候的戀人。

時間忽忽就過去了，駕著歷史的車輪，一個時代一個時代地過去了。總共過了多久？里斯本大地震發生在一七五五年十一月，所以到一八○九年總共是五十四年。這個數字嚇了我一跳。才五十四年，能發生這麼多事。這些歷史事件發生的空間範圍也很大，從中歐的神聖羅馬帝國，北歐的瑞典，南歐的直布羅陀，到一個大西洋外的美國。那是十八世紀後半，人類歷史變化最劇烈的時期之一。因為說故事人敘事方式的關係，我們會覺得，對老太太而言，這段歷史好像沒有重量，沒有歷史書裡說的戰爭的原因、革命的影響、深層結構、思潮、社會力……她在這動盪的大世界裡一個安靜的小角落，度過了五十四年。

這讓我想起了另一個等待的人。中國，可能是東漢晚期，他出現在《古詩十九首》的第一首：

行行重行行，與君生別離。相去萬餘里，各在天一涯。道路阻且長，會面安可知。胡馬依北風，越鳥巢南枝。相去日已遠，衣帶日已緩。浮雲蔽白日，遊子不顧反。思君令人老，歲月忽已晚。棄捐勿復道，努力加餐飯。

歷代的注家，從「誦詩三百，授之以政」的傳統讀詩，把這首美麗的詩解讀為「忠臣放逐、賢婦被棄」。可是我寧願只把它讀成一首分離與等待的詩。這是一個和賀博的老太太完全不同的等待的人。他的情感收在最後一句「努力加餐飯」。時間是在一餐一餐中過去的，等待的人謹守著眼前的一分一刻，非常卑微而渺小，沒有跳脫出來從大歷史看時間的本錢，那樣自抑自制的等待。

兩者的區別，大概就在死亡吧。在賀博的故事裡，死亡讓時間有了種確定的面目。老太太知道未婚夫已經死了，不會回來了。而在這首〈行行重行行〉裡，那被等待的遊子並不是死了，只是沒有回來。那就使得等待是眼前當下的實在，必須一點一點地挨過去。想著自己被拋下了的處境，想著對方是在多麼遠的地方，但會不會明天就忽然回來了呢？想歸想，為了那個不確定的明天，而終究必須回到眼前一餐飯這樣微小的事情上頭來。

賀博的老太太，在未婚夫死後，她的生命已經不會有其他重要的事了，像是一本被寫定了的書，所待無非就是終章，當自己的死亡也來臨之時。外面的世界天翻地覆地變化著，戰爭、革命，這些好像都不關她事，故事回到她身上時，她已經很老。漫長的時間裡，與她真正有關的事情只有兩件：一開始的礦坑災變，以及最後的意外重逢——失去未婚夫，與再一次見到他。她這一生，在聽故事人的眼中，什麼都沒做吧？但也正因如此，終於那樣純粹地完成了對死者，同時也是對死亡的等待。

而古詩十九首中的那個等待者呢？「浮雲蔽白日」，古之學者解讀為「喻邪佞之毀忠良」，但我還是別這樣讀它吧。這句子有一種時間緩慢挪移的感覺，晴朗的日子裡，浮雲移過來遮蔽了白日，一會兒又飄走了，太陽又見了臉。人在地面上望著又高又遠的天空，悠悠緩緩地，望得再久，時間也才過了一點點。那飄移的白雲，時蔽時顯的天光，也很可以就是賀博連續寫下的一系列歷史事件吧？只是，它是發生在那麼短的時間裡，就一天，一個下午也許，那個人還沒有回來。對等待的人而言，卻彷彿過了好久。忽然意識到歲月已經晚了，像一個最平常的日子那樣晚下來。

我剛搬到這裡時，有時會碰見同一棟公寓裡，一位老太太和她的兒子。老太太快九十歲了，行動不很方便，但還能藉助行的鋼架走一點路。公寓沒有電梯，她竟也可以勉強上下樓。她的兒子是個非常好的人，也有六十歲了吧，戴眼鏡，理個花白的小平頭，每次遇見都非常響亮地說「早」。

有一次我在樓梯間遇見老太太靠在扶手邊，說她走不動了。她兒子堅持地說：「要練！」又說：「不用怕，我在這。」非常沉穩而有耐心地，在幾步階梯之下等著。

一天下午我回家時注意到，樓梯口有一點血跡，老太太的助行架扔在旁邊。第二天，遇見老太太的兒子時我問他：「阿嬤受傷了嗎？」他的神色不同於平常，有點惶急的樣子，顧不上回答，只禮貌點個頭匆匆走了。我想他內裡有某種東西慌亂掉了，甚至不知該怎麼回答我的問題。一直要到過幾天，再遇見，他才恢復鎮定了似地告訴我，阿嬤是洗頭回來時在樓梯間跌倒了，眼看就要到怎麼就跌了，不過現在在醫院復原得不錯。

阿嬤始終沒有從醫院回來。

有一天有人按我的電鈴說送往生蓮花，我說是隔壁。

賀博這篇小說，班雅明為他那段五十四年的描述下了註腳：「仔細讀。死亡在其中規律地出現，就像是死神形象在正午時分大教堂鐘面的遊行行列中規律出現一樣。」

我進出公寓的時間不太規律，後來很長一段時間沒遇見老太太的兒子。再見到時已經是老太太法事後好幾個月。他還是一樣的小平頭，但總覺得有什麼改變，好像他的那聲「早」沒有那麼宏亮了。那時我才意識到，也許我所目睹他在階梯上等待老母親走那顫危危的幾步路，對他生命重要的程度遠超過當時的我所能夠想像。那是一種確切不移的美好等待，即使，在那之外，死亡是更確切不移的等待者。

哈吉穆拉特

當納札羅夫整個身體同那匹駿馬合成一體，在平坦的大路上追逐哈吉穆拉特之際，天空那麼明朗，空氣那麼新鮮，生命那麼歡快地在他心裡躍動，以致於他根本沒想到會發生什麼不祥的、悲傷的，或者可怕的事。他感到高興的是，每一躍進都使他更加接近哈吉穆拉特。哈吉穆拉特從逼近他的哥薩克駿馬的蹄聲上聽出，他快被哥薩克趕上了。他右手拿出手槍，左手輕勒胯下那匹熱得發躁且聽見後面蹄聲的白馬。

這是托爾斯泰。他寫哥薩克士兵納札羅夫追趕出亡的韃靼人哈吉穆拉特，一開始就像晴天裡的一次出遊似的。清晨時分的霧已經散了，草地與樹木飽含水氣，細碎的陽光在上頭跳。他就策馬衝進那樣的曠野裡，大口呼吸。追趕的目標就在眼前，每一步都更接近一些。他渾然無知於逼近中的危險，那好像不是看守者在追趕一名出亡的游擊英雄，而是在郊遊中發生了點意外驚奇。天空明朗，空氣新鮮，幾乎使人覺得這追趕的片刻，真是這哥薩克士兵生命的高點了。

接下來就是槍響了。納札羅夫在馬鞍上傾倒。他的同伴一個個地死於韃靼人刀下。一個晴朗的早晨霎時血腥滿地。

這篇托爾斯泰的短篇小說〈哈吉穆拉特〉，被哈洛・卜倫喻為「全世界最好看的故事」。全世界的故事我沒讀過的太多了，不敢像卜倫那麼自信地使用「最」這個字。但這確實是一篇讓我久久懸念的小說。

星期四的晚上我讀完這個故事，闔上書，什麼都不想地坐著。我不想它好在哪裡，不肯用分析糟蹋剛讀完一篇好小說既空虛又飽滿的時刻，不願在托爾斯泰的文字之外再加上什麼文字。但說是什麼都不想，恐怕也不盡然。黯淡的房間裡，來自故事的片段，時隱時現，像伏擊的山民。那個走投無路的韃靼英雄哈吉穆拉特，就在我雜亂的書堆裡出沒。

現在已經是讀完這篇小說後的第二天了。我還是想談談它。這是像我這種讀者的一點可憐的樂趣。剛與好作品遭遇時那種空虛又飽滿的，無可言說的狀態，不可能永久持續。過了一天我就又回到語言裡，去搜尋線索，去解釋，去比較，給自己一個理由：「我為什麼喜歡這篇小說」，或「它為什麼好」。其實它為什麼好，理由就在剛讀完時那說不出口的時刻裡。現在我又來多話，也許只是想藉語言的力量，循線回到那已經不再了的狀態吧。這實在是多餘的。可是一直以來我就做著這多餘的事。並且在放線、收線的過程裡，更喜歡、或者有時也會疏遠了、倒戈背棄了一篇作品。

那像是關於一個無憂世界的覆亡，或者說，關於童年的結束。哈吉穆拉特年少的時候，與當地的汗王們情同兄弟，生活過得無憂無慮。有一天，來了一群人號召穆斯林們參加聖戰，威脅著將不參加聖戰的村子夷為平地。也就是說，在哈吉穆拉特的村子之外，某些力量正促使伊斯蘭教徒在聖戰的旗幟下集結。新誕生的伊斯蘭領袖控制了跨村落部族的力量。所有人都必須選邊站——參加伊斯蘭聖戰，或是繼續臣服於俄國人，以從後者得到不可靠的保護。

哈吉穆拉特算是地方上的領袖，與沙米里有仇，但沙米里用得上他的驍勇善戰。而哈吉穆拉特也因別的仇家挑撥了他與俄人的關係，而不得不加入沙米里陣營，擔任副帥。然而後來，沙米里對他心生猜疑，想除掉他，哈吉穆拉特又回頭投奔俄國人。他具有勇敢、真摯、虔誠，這些前現代的美好品行，但這些品行不足以讓他在越來越逼仄的世間找到安居之地。在俄人與沙米里之間，他不屬於任何一方，卻被迫做選擇。雙方都不信任他，都想利用他，他在形塑現代世界的兩股推力間無路可走。

哈吉穆拉特的悲劇是，他的命運掌握在那些他最輕蔑、最無法溝通的人手中。他是俄人眼中的「山民」，友誼與仇恨都極直接，卻落到了一群自以為是的俄國將軍、迂腐官僚當中。讀到他在投奔俄人之後，被接待去看義大利歌劇和參加舞會，你真為他感到悲傷。那些穿著禮服與珠寶，配戴著肩章和穗帶的俄人，他們在燈火輝煌的大廳裡旋舞，食物與酒瓶堆積如山。纏頭巾的哈吉穆拉特站在人群裡，冷冷環顧週遭。是怎樣的遭際，才使他遠離家鄉來到這群和他沒有任何共同點的人當中，成為一個異邦人，甚至還必須為這些人們而戰？

另一段敘述，是在沙米里的駐地。沙米里剛與俄國人打仗回來，把敗戰說成了勝利，慶祝著凱旋。入了夜，他想到他最寵愛的妻子阿米涅特那裡去過夜。可是阿米涅特不在（她正跟他賭氣，因為沒給她帶回來綢緞），沙米里就在她房間門口等著。阿米涅特故意不回去，遠遠看見他的身影踱進踱出的，忍不住笑出了聲。

這段故事，就像是尋常戀愛中的男女。如果這個哈米里不是才剛剛下令挖掉哈吉穆拉特兒子的眼睛，如果不去想哈吉穆拉特最喜歡的山歌，當中的無畏與殘酷：「子彈哪，你渾身發燙，帶來死亡，但你難道不是我忠實的奴隸？黑土啊，你將我埋葬，但我的馬蹄不是正踩在你身上？死神哪，你渾身冰涼，但我是你的主人。土地將容納我的軀體，天堂會接受我的靈魂……」

武士

一部電影《末代武士》使得「武士」這個字眼成為全世界熱門的關鍵詞。雖說是打著湯姆・克魯斯主演的名號，不過幾乎我身邊看過這部電影的人都一致覺得，整部戲裡最沒啥好看的就是他了。這部日本現代化版的《與狼共舞》，把一個謹守武士封建領地傳統的日本山村拍得極具吸引力。裡面每一個日本人都好看，女主角小雪超美，小孩可愛，渡邊謙、真田廣之都有型。

那簡直是一個理想國。冬天，被冰雪封住了對外聯繫的道路，山村與世隔絕，男人們毫不懈怠地在演習武備中度日，練習劍術、騎射，紀律井然。那是一個「為何而戰」的問題從不曾被提出的世界，戰鬥自然地作為生活方式的一部分，每日每日地將身體教養成一把沒有雜念的劍。不僅每個個人如此訓練自己，整個村落社群也是毫無間隙雜質地牢牢結合在一起。全村人集合看戲，渡邊謙飾演的領主勝元也上戲台客串，逗得村民大笑不已。似乎是要顯示在那上下謹嚴的階級制度裡，領主與村民距離卻並不遙遠。沒有外間政府言不由衷陽奉陰違、上欺下下瞞上的那一套，人與人之間的關係顯得真誠而坦率。

村上龍在《五分後的世界》裡想像的那個游擊隊戰鬥的地下日本，大概就是像這樣的地方。在村上龍的地下世界裡，生活條件貧乏而困苦，但社群的紐帶卻因共同的目標而顯得堅韌強固，所有成員朝向共同的戰鬥鍛鍊著意志，沒有人在其中感到迷失。

那樣的地方，是否真存在這世界上，就暫時別追究了。重要的是我們對那地方的理想描繪，反映了自身的匱乏。到電影的最後我們遂都相信大團圓的結局，是像湯姆・克魯斯那樣回到小雪所在的山村，一個寧靜穩固的，母胎般的地方。

除了電影，另一個與武士有關的作品，是井上雄彥的《浪人劍客》。距離一九九八年，我在報社工作時第一次讀到剛出版的中文版第一集《浪人劍客》，已經有超過七年的時間了呢。我還清楚記得，第一集那頗具震撼力的開場，年輕的宮本武藏躺在戰場上，遍地死屍之中，遠處一馬隊奔馳而至，仰面朝天的武藏毫無障蔽地面對著躍過他頭頂的馬腹。

井上雄彥這以《灌籃高手》聞名的漫畫家，放下了籃球少年的題材，改畫起戰國時代周遊各地挑戰高手、以求武藝更上層樓的年輕劍客。當然我們不難看出，從高校生櫻木花道、流川楓，到戰國時代的武藏、小次郎之間，共通的是想要「變強」的慾望，漫畫主角們在這慾望信念的驅使下，展開什麼都不怕的無畏拼搏之旅。「變強」幾乎是少年漫畫永恆的主題，想想也真令人心驚，少年漫畫的「想要變強」執念和少女漫畫的「想要談戀愛」執念……

在《浪人劍客》第一集的一開始，武藏已經失敗了。年輕的他離開村子，到外面闖蕩，卻和周遭無數的無名屍首一起躺在戰場上。那不正是他離開村子所要逃避的命運嗎？無名無姓，毫無建樹，什麼也不留下地死去。作品一開始就讓他那樣死一次，再從那戰場上站起來，尋找生路。正是從經驗了死亡之後才開始新生，追求力量的人也必須有隨時死去的覺悟。以死境為起點，武藏踏上他想要變強，追求劍道之路。

我已經一集又一集地看著武藏挑戰胤舜、柳生，從一個野獸般依本能而生的頑強少年，到逐漸掌握某種關於強大的真義。但從十四到十七集，井上雄彥忽然岔開原來的故事線，畫起另一個主角小次郎的故事。從小次郎的童年開始畫起，直到小次郎闖進了戰場，在戰場上遇見殺紅了眼的武藏。

從這裡，漫畫家把故事接回了七年前我第一次讀到《浪人劍客》武藏故事，第一集開始的那個敘述點上。武藏受傷了。離開了村莊想要闖出一番事業的武藏，仆跌在一顆火繩槍子彈的襲擊之下了。那個倒臥在戰場上的武藏，仰面朝天地想著：一切都結束了嗎？

但讓我們先離開武藏的個人生命史，嘗試接上更大的歷史脈絡。武藏究竟是躺在哪一個戰場上呢？

那正是日本史上著名的「關原之戰」。以豐臣秀吉舊部石田三成為首的西軍，與來自關東的德川家康在關原地方交戰。這場戰爭的結果奠定了德川的霸業。「杜鵑不啼便等待牠啼」的德川終於等到了站上歷史舞台正中央的時刻。在這改寫了日本近代史的戰爭之中，許多人來不及知道戰爭的歷史意義、不及知道他們已迎接了德川幕府時代的來臨便死去。許多死者當中躺著猶未成為一代傳奇劍客的，少年宮本武藏。

父親

我站在有紐澤西州警局標誌的廂型車旁，等待女警告訴我怎麼做。那是在北美洲呵氣成霧的寒凍凌晨，雖然那時我並不清楚時間，只知道四周的黑暗，不知從哪裡開始，正逐漸變得稀薄。

一會兒那女警回來，要我坐上駕駛座旁的位置，她一言不發開動車子，跟在救護車的後頭，上了公路。

警車的外形看起來不過是一般的廂型車，幾乎就是出國當天載我們到機場的那種——我們在中正機場下車時，父親心情極好地跟我要了兩百元塞給司機當小費，謝謝他幫我們搬行李。這不過是五天前的事。現在，這輛警車，在一般廂型車的手煞車位置架著一柄長步槍，還有一排亮著紅燈或綠燈的按鈕。女警面無表情間歇地按著其中一個開關，車子便發出斷斷續續的鳴笛聲。

駛上公路後，眼前出現北美洲平原那種遼闊的地景，遠處地平線像是提早揭露著什麼秘密，透出一長線橙紅微暗的光。樹林向上伸張它們落光了葉子的枝椏，撐著那片不可能舉得起的天空。我的眼淚這時才掉了下來。

我是不是不慎闖入了一個對我而言太大了的世界？一個盡我所有智識與感知均無法掌握的世界，以至於在其中遺落、失散著重要的東西。

父親於美國東岸時間十二月二日凌晨接近五點時，在舊金山往紐澤西的飛機上失去意識。五個多小時前我們才在舊金山機場跟妹妹說再見，搭機往東岸我姊姊的家。通關時他顯得有點疲累，上飛機喝杯咖啡吃了點心就睡了。接近紐澤西上空時，他去洗手間。不久空服人員過來喊我，我到機艙後方見一男性空服員架著癱軟的父親的身體，試圖將他平放在走道上。經急救，於飛機落地，送抵醫院時已經過世。過程非常短暫，我相信，且醫生也這樣對我說，說那應該是完全沒有任何痛苦的。

但當時我並不能確知父親已經過世。雖然，現在回想，我也許早已經猜到。父親對機上人員的急救措施全無反應，我用機內電話聯絡在舊金山妹妹的未婚夫，他是醫生，前兩天才剛替我爸聽診過。但雜訊太多，他一再重複「我真的什麼都聽不到啊，妳再打一次好嗎」。同時飛機已經開始緊急降落。我看到機窗外傾斜的地面，停機坪上閃著救護車的紅燈。

我也許早已經猜到，救活父親的機會極小。從緊急救護人員們的表情（當我終於接通了舊金山，問他們是否要跟醫生談一下病人的狀況，他們表示不需要）。從飛機上的廣播（原本說要乘客等待，先將病人運送下機，後來又決定讓其他乘客先走）。從他們要我盡可能寫下父親的病史，然後又說不必寫了。

救護人員先是要我和媽媽下飛機，在外頭等待。

不久一位航空公司職員出來叫我，帶我們走回往機艙的通道。途中他說，我想你父親恐怕不行了。我問，一切生命跡象都已停止了嗎？他說我不是醫生，沒有權力作這樣的回答。然後他讓我們下樓梯到停機坪，那兒停著警車與救護車，父親已經在救護車上。

女警問我：妳說英語嗎？我說會。她說那好，妳跟救護車走，妳媽媽跟我坐另一輛車。我把她的話翻譯給媽媽聽，但媽不願意，「沒關係啦，我也坐救護車，我們擠一下嘛」，是近乎哀求的語氣。女警說救護車上只有一個空位，那就是妳跟我坐另一輛車了。她的表情和語氣都極冷酷，我想她每天面對各種緊急狀況，沒有心軟的空間。

一切都發生得極快，而且安靜，在零度左右的氣溫，紐澤西州稀薄的凌晨光線裡。那些救護人員不說一句多餘的話。

在醫院裡，醫生正式向我證實父親已於抵院前死亡，我的眼淚是停不下來了，一個名叫黛比的護士過來緊緊抱住我。

他們將急診室的那個房間留給我們，讓我們跟父親一起待一會。父親穿著格子毛襯衫，躺在床上，面容平靜，像是睡著了一般。在舊金山時妹妹才剛買給他的新大衣，急救過程中醫護人員將它脫了下來，現在和我們其他的隨身行李一起放在地上。

我從背包的夾層口袋取出經書來唸，在我不太穩定的一段期間，朋友送了這本〈觀世音菩薩普門品〉與〈佛說阿彌陀經〉給我。我沒有想到這麼快會在這樣的情況讀它。

他的手仍是溫暖的，我有多久沒有這樣握他的手了呢？近年父親走路不穩，跟他並肩走時我總是攙他的臂彎。像這樣掌心貼在一起地握手，也許是當我還是個小孩子時候的事了。

住紐澤西州的姐姐、姐夫、表哥都在趕來的路上，妹妹在電話上聽見了事情經過。父親過世已在親族的聯絡網，北美洲與台灣的電波訊號中悄悄地傳播開來。

媽說當殯儀館的人將父親送上車時：「妳要喊他，叫他跟我們回家，要不然散掉了，茫茫渺渺，要去哪裡找？」那時我第一次意識到，我們這些生者，其實是如此恐懼著可見與不可見世界的龐大與無邊。我們文化裡那些招魂的習俗，正是從這樣的一種恐懼出發。擔心一旦放了手，從此無處找尋，捨不下，必須牢牢抓住。這世界確實茫茫渺渺。我們是那樣害怕，親人作為生命中重要的座標、我們與他的關係及記憶，會在死亡之前瞬間虛無化，被這其實從不可能以座標定位的茫陌世界所吸收。

父親在世時為家族付出甚多，自己卻一輩子不願麻煩別人，到最後也沒讓我們在病床邊照顧他一天。不知現在父親眼見的世界是什麼樣子，果真是如生者憂懼想像，那樣地茫渺嗎？即使如此，我但願父親自由走，別再為背負了一輩子的責任所束縛。

在急診室，其他親人還沒趕到之前，我有機會靜靜看著他。晚年他的頭髮白得很好看，我站在床邊將他頭髮理順，初度意識到原來我的頭髮細軟，就跟額頭與眉眼形狀、經常受母親責備的倔強脾性一樣，都是得自父親的遺傳。那是我將從此延續的秘密，無邊世界裡，一些不被死亡截斷的線索。

咒

夢枕貘的《陰陽師》裡，有一段關於咒術的有趣討論。其實大學的時候參加生活禮俗史研習營，也討論過類似的問題——名字（對，就是我們每個人都有的名字），帶有咒的本質。夢枕貘借他筆下的陰陽師安倍晴明之口這樣說：

「名稱正是束縛事物本質的一種東西。」

彷彿將事物從暗影帶到光亮處，找到它的輪廓。將水裝進容器，水便成了容器的形狀。名字也具有這樣的力量。你稱呼那四隻腳的東西為桌子，它便為你支撐起書本，紙張，菸灰缸。指稱一件事物的名字，定義了它，也規範了你跟它的關係，從此日日伏在你稱為「桌子」的東西上寫字。

讀了夢枕貘我想到一件事，或許可以說明咒的型態不僅於此，它微妙地隱身在敘述中、意識裡，寄生、舒展，一吋一吋挪動著，轉化著我們的認識。

一天夜裡，接到朋友的電話。「可以跟妳講個故事嗎？」

他接下來說的這個故事，情節不多，但為了讓我理解，卻必須用上大量的背景描述。首先說明的是一個叫做「祖堂」的場所。他試圖向我解釋「祖堂」

這個名字。

祖堂，是祭祀祖先的地方。他的老家在南部地區一處著名的客家鄉鎮，是一座三合院落。祖堂就位在三合院的正中間。每一個三合院都有自己的祖堂，奉祀從建立三合院起的那一世，及其以降的歷代祖先。更早之前的祖宗，則在全族共同的祠堂裡祭祀。

他說，家族裡的老人家，一定要在祖堂去世。老人家彌留之際，子孫便將他們送進祖堂，使他們在列祖列宗見證下走完最後一程，離開人世加入祖宗的行列。基本上子孫都會跪在老人家身旁。（「如果時間拖得很久呢？」我問。）就算不是全部的人都一直跪著，也必須隨時圍繞在老人家身旁。在小時候的他心目中，祖堂是很可畏的，結合了他對死亡最早的記憶，他經過祖堂時總是畏懼地跑開，不敢往裡頭看。

我想這是人世不變的道理。有了規則，就會有無法遵守的時候。為自己畫了一個終點，就有到不了的可能。他的祖母彌留時，叔公也在醫院裡病危。但是因為祖堂裡不能同時有兩位老人家，所以當祖母躺在祖堂裡，叔公的家人也頻頻打電話回來詢問狀況。最終是祖母在祖堂，而叔公在醫院裡過世了。他說，出殯時，叔公的子女哭得特別厲害，他總覺得是為了來不及送老人家回祖堂的關係。

在這樣仔細地描述祖堂（他還講了好幾個經驗作為佐證，我在這就不一一寫出了），最後終於來到了故事的本體。這裡，他反而很輕描淡寫地帶過了。有一陣子，他的戶籍由妻子遷去寄放在台北的友人家。對於戶籍在別人家這件事，他不知為什麼很在意。期間幾次要求妻子幫他把戶籍遷回老家，妻子似乎不很當一回事。這件事，以及其他許多對家族想像的差異、瑣碎的摩擦，終於使他們開始辦理離婚。

他要說的故事其實是這樣：

「兩天前我下定決心要把事情解決。」他去辦了遷戶口的手續，把戶籍遷回了祖堂所在的三合院老家。

「好像有一種回家的感覺，在外流落了五年、另一半的我終於回家了。」

這其實是一個有點感傷的故事。關於一個離鄉之人對祖家的想望，以及最後藉由戶籍登記（一筆電腦資料！）實現的歸鄉。戶政事務所的承辦人一定沒想到，他每天蓋幾百次的印章，對眼前這個人有如此重大的意義吧。但是，他為什麼要跟我講這個故事？

聽見這個故事的那時，我在入夜後的客廳，縮著身子陷在一張高背椅裡，一手握著聽筒，環抱著膝蓋而坐。

我是一個完全沒有他所謂「祖堂」經驗的人。為了讓我理解，他花了比說故事更長的時間儘可能精確地描述祖堂是個什麼樣的地方、之於他又有怎樣的意義。在敘述中，漸漸清晰起來，彷彿水在水杯裡獲得了形狀。他認知中，祖堂的影響力，難道不是在敘述中再度獲得了強化，彷彿一場自我施咒嗎？而我呢，在電話這頭握著聽筒，是這咒術所需的折射鏡面。

說真的，我想我是面很不錯的鏡子。因為我對他口中的習俗一無所知，所以能無所顧忌地追問「為什麼」、「在哪裡」，他遂因此必須抽繹出更多的細節，將祖堂描述得更為具象入裡。但老實說我對這一切並沒有同感，只是冷漠地聽著他的陳述。眼前清晰可見他正將許多語言的磚，一塊塊地堆疊累加，成為屬於他自己的一座意義堡壘。我沉入黑暗以便更清楚地看見，那堡壘輪廓暗淡的微光。彷彿疏遠地望見一座戍衛邊城，正向周遭的黑夜掃射以光束。

□

星期天的下午我剪了頭髮。這次設計師為我剪出一排傾斜的瀏海，出乎我意料之外。那是一種會強調臉孔上半部眉眼一帶輪廓的髮型。並不討厭，但是很不習慣。看著鏡子裡的自己時，不自覺地，會睜大眼睛。如同水被倒進不同形狀的容器，我的臉與一小時前微妙地不同，我落入一新近生成的偏見。彷彿被施了咒了。

你不相信的事

據說豐臣秀吉開玩笑地對千利休說，你也死吧，千利休便切腹了。那樣輕易便探測了死亡的底限，像是一眼辨清茶湯的顏色。留下豐臣秀吉於無助的境地。活著，大權在握，一語定生死。但是無助。

還沒跨過界線的人，站立在安全的位置，權力的頂端，被護衛著的，總是最後的弱者。在他和死亡之間是無數的仇敵，敗軍之將，百姓，犯行者，只要他開口就只好去死的人。於是他們一個個先他而去了，去了那個他還不敢想的地方。他的權炳越大，就越無助。

小說《月光之東》裡，宮本輝創造了一個魔性之女的形象。名叫塔屋米花，美麗而聰明的女子，她的名字與許多男人牽扯在一起，其中似乎暗示著可疑的關係與金錢利益。有兩個人在調查塔屋米花的事。一個是女性，她的丈夫加古慎太郎在海外上吊自殺，那以後她才發現，丈夫一直有著外遇，對象即是塔屋米花。另一個是米花童年時的友伴，曾經（像當時全校的男孩子一樣）愛慕過她的杉井。杉井在報上看到老同學加古自殺的消息，發現這整件事暗地裡與塔屋米花有關，觸動他想去了解，這麼多年來塔屋米花究竟成了什麼樣的女人。

在兩個人各自的調查之下，我們漸漸看清了，屬於塔屋米花的，魔女的條件。一開始，她像是個可以隨心所欲的女人，擁有驚人的美艷，能讓男人為她做任何事。十八歲就迷惑了中年的富商，使富商贊助她大學和出國留學的學費。她似乎清楚美麗的價值，明白怎樣以青春換取欲求的一切。這樣的魔女塔屋米花，卻會對她的愛人們說出夢幻謎樣的話語：「到月光之東來找我」。

「到月光之東來找我」。這句話的重點既在「月光之東」——那是她為自己創造出來的美好幻象之境，一個純淨無有染污的地方；也在「來找我」——她是想被找到的。換句話說，這個魔女，內心有著他人無法碰觸的憧憬。她渴望去到一個純淨的地方，以致於為自己創造了月光之東這樣飄渺的想像，彷彿那是她在險惡人世中前進的動力。但在想像之前，她也是無助的，因此要一再對男人說，「來找我」。人們以為她是具有眩惑魔力的女子，以為她做的一切都經過精細的算計。其實她不過是在捉迷藏遊戲中，孤單地等待著被找到的，最後一個走失的孩子。

本來她像是可以輕易玩弄，操縱男人的女子。在她給已婚情人的信裡，不是透露著譏嘲嗎？那是洞悉了男人的弱點之後才寫出的信。因此直指要害，招招致命。但是，為什麼對愛人要有這樣的譏嘲呢？仔細想想，那些姿態其實是彆扭的。挑釁，惡意，帶刺的詞語，更多透露的是絕望與無助。為了保護自己而時時刺傷著愛人。將對方矮化，假裝對方除了性之外毫無可取，假裝自己隨時可以不屑一顧轉身離去。這一切都是過於笨拙的，愛情的姿態。為了讓自己立於不敗之地，魔女必須付出孤獨的代價。

米花碰到了那個能到月光之東找她的人嗎？我想沒有。那樣的人是碰不到的。在幻影中創造的期盼，絕對不可能在現實中得到滿足。也許她人生最接近那夢境的時刻，是在她六七歲的時候，一個陌生男人來帶了她走，在鄉下的小屋度過一個晚上。這事件被小鎮的耳語談論成一樁醜聞，盛傳米花受到陌生男子的玷汙。其實那男子是米花的生身父親，循線找來，想見自己的女兒一面。他與米花在小屋共度一夜，遠不是人們想像的瑕穢。但那卻是不可說的。純潔是不能向人解釋的。

那只能是存在於夢境與記憶之間。在鄉間的小屋裡，一個無法對人解釋的夜晚。也許那就是「月光之東」幻想的原形？那樣虛無飄渺的幻境，竟源自現實裡一所儲放農具用的小屋？那些男人們無法進入（且因此深感挫折）的世界，其實也就是那麼一間曾經存在，但永遠無法再現的小屋罷了。

真理是無路之國。我記得克里希納穆提這樣說過。

進入另一個人的世界，也是沒有路的。不知不覺我們將面對世界的策略，拿來對付自己珍視的人。使用社會化的漂亮修辭，刺探對方的底線，躲藏在夜間酒館看不清表情的暗影裡。掩飾，保護，偽裝。那些其實是徒然，是沒有路的。走進一個人的世界，就像試圖達到全面的真理，任何取徑最終都成了一種遮蔽。卻在放棄這一切的時候，才忽然地靠近。

因為這樣的緣故我忽然想再對你說一次，那些你不相信的事。你仍然不會相信。但我會再說一次。

英雄想睡覺

我最喜歡的神話故事之一，是在坎伯《千面英雄》裡讀到的一則古印度神話，主角是滿佉軍荼國王。跟大部分神話英雄一樣，他從出生就不按常理——不是從媽媽肚子裡出來，而是他父親誤喝了原本要給妻子生孩子的補藥，結果就從左脅冒出一個兒子來。這個兒子長大成為王中之王，天神與阿修羅爭戰時，滿佉軍荼王應天神之邀參戰，幫助天神們贏得勝利。神於是許諾讓他實現一個願望。在爭戰中疲憊了的滿佉軍荼王要求得到無止盡的睡眠，破壞他睡眠的人，將被他醒來時的第一道眼光燒死。

眾神實現了他的願望，滿佉軍荼王就在深山洞穴裡沒日沒夜地睡。不是睡幾天、幾個月或幾年，而是睡了好幾個時間的循環。「個人、民族、文明與時代從虛空出現，又再回到虛空，而老國王的下意識喜悅狀態卻持續不斷。這無時間的狀態好似弗洛伊德的無意識，好似處在我們波動的自我經驗所形成的戲劇化時間世界之下，那山中老人、那熟睡的飲者，就這樣不斷地活下去。」

如果事情就此結束，我們應該會覺得這個故事甜美可愛。在可以跟天神要到一切的時候，我們的英雄都不要，只想好好睡上無止無休的一長覺。我個人認為這是個很不錯的選擇，比什麼金羊毛好多了。不過事情顯然沒這麼簡單。在過了無法計數的時間後，毗濕奴天神化身為吉栗瑟拏（Krishna）統治印度。有一次異族入侵，吉栗瑟拏故意把敵方的國王引誘到滿佉軍荼沉睡的洞穴裡。可憐的異族國王，吵醒了一個睡在洞穴裡的怪人，在怪人睜開眼睛的那一剎那，被燒成一堆冒煙的灰燼。

而同時發生在滿佉軍荼身上的是，他醒了。

要是滿佉軍荼的睡眠真是無止盡的，那才真正稱得上是禮物。如果他最後終必要醒來，則禮物就成了陷阱。滿佉軍荼醒來走出洞穴，發現人類在他的時代之後，身形變矮了。他站在他們當中，像個巨人。浦島太郎是在打開寶盒時，瞬間變得白髮蒼蒼，意識到時間已被虛度。做大夢的李伯是從自己的長鬍子，明白自己睡了好幾年。滿佉軍荼的悲劇更徹底，他沒有變老，是人類變小了。他站在人類當中顯得巨大突兀。我想像他在人群中前行，無法平視人們的臉，只看見他們的頭頂，黑髮的，白髮的，戴帽的，披頭巾的……。浦島太郎與李伯長老了，而滿佉軍荼只是孤獨。他睡了多久，就有多孤獨。

我會想到去翻出這個故事來看，是因為做了一個夢。我在房間裡，空間跟我真實的房間一模一樣，所以一開始我有點搞不清楚是夢還是現實。但當我想走出房間時，卻有一股很強的阻力，簡直像是穿過一道看不見的空氣牆似的，於是我知道自己在作夢了。進入客廳，發現大門開著，我走出門，忽然想起，夢中的地下室象徵一個人的潛意識不是嗎？去看看我的潛意識是什麼樣子的吧。於是我開始下樓，越走越快，快到用飛的，最後真的到了最底層，地上鋪著一塊黑色有圖案的地磚。我頭上腳下地穿過了那塊地磚……

差不多就在那個時候，被送報紙的摩托車吵醒了。

那時我躺在清晨的光線裡，手腳還微微地發麻，意識緩慢地聚攏，耳邊聽著摩托車的引擎聲停下又啟動，停下又啟動，忽然很懷念腳踏車的時代。然後我又想起滿佉軍茶。同樣是被吵醒，我的損失跟他比起來真是微不足道。我被摩托車打斷的不過是一次小小的夢中冒險，大概是因為那幾天醒時正在讀心理學的書，連夢都充滿了地下室啊、潛意識啦之類的。而滿佉軍茶呢？他拋棄了整個王國換取長久的睡眠，卻這樣被吵醒了。

我們容易以為，現實比夢境更實在、更重要。但在滿佉軍茶許願的那一刻已經確立了，對他而言現實世界並不比睡眠真實可貴。藉著願望他放大了睡夢，縮小了現實；讓前者無限增生，後者消解於無形。

夢與現實便維持著這樣的比例，歷經無數的劫世。直到他醒來。當他睜開眼的那一刻，近似一種能量空間的瞬間轉換，現實與夢的比例再一次倒反了。滿佉軍荼醒在他不熟悉的世界裡。

經歷過夢而回到現實，此後便背負著從夢境流離的身世，永恆的失所。

聽了我轉述這個滿佉軍荼的故事後，我的朋友銘全說：「所以還是莊子厲害。」

睡的時候是莊周夢蝶，醒的時候是蝶夢莊周。比例相同，睡醒平等。

「你的意思是，如果是莊子就不會介意醒來嘍？」

他回答：「如果是莊子，可能一開始就不會要求一場永不醒來的睡眠。」

我想他說得對。不愧是莊子，好樣的。

編織

那個下午在我面前舖開了的，是一些來自東南亞的織品。

P教授與G教授，一一指認著織品上圖案：龍，蛇，鱷魚，鳥，獅子，船，房屋，樹木，花卉，人物……。這些圖案，因為適應織機的編造技術，都已經幾何圖騰化了。然後一組組圖案首尾相續，不斷重複、互相衍生，直到佈滿整匹布為止。「屋宇圖案是常有的，但從某些細節的差異看得出來，怎樣的會是柬埔寨，怎樣的又是泰國…」這樣的討論在學者間交互進行著。

然後我們來到一件sarong之前，從上而下有孔雀，寺廟，以及人物騎在馬上，「可以說是從天界到地面的一種秩序」。但這件sarong到了最後的五分之一，卻忽然變成完全不同的圖案。

「她把圖案用完了。」P教授說。

我一時會意不過來，什麼意思，把圖案用完？那些幾何化了的紋樣，不是可以無盡連綿首尾相續地織造下去嗎？那不就是幾何圖案之不同於寫實，因為它們將事物單純、象徵化，乃至趨近於永恆？

後來才想起，盛行於東南亞地區特殊的織布方式，一種叫做Ikat的技術。棉線或絲線必須按照預想的圖樣先染好色，然後才上織布機去織。雖然，理論上一種圖案可以無盡地綿延下去，但實際上當為一種特定圖案而染的棉線用完，那種圖案的編織也就無以為繼了。那個下午攤開在我們眼前的一匹布，這個一百多年前的紡織者，她染好的線在還沒織出希望的長度前就用盡了。可她並不想提早結束她的紡織，也不想用單色線織出一段沒有圖案的布來。她或許是順手拿來他人用剩的染線，接在已經完成的布後面繼續織。於是就形成一截突兀的，完全不同的圖案。孔雀、屋宇、騎士，忽然就讓位給菱形的格紋。

「而且她在這裡犯了個錯誤。」P教授指著兩種圖案交換之前的地方，原本連續的圖案到那裡出現一道雜訊般的斷裂。她一定是接錯了經線，以致於圖案錯開了彼此，隔了一公分半的距離後才又接了回來。

一次失手。為了什麼事情心慌意亂的失了神，那失神就永遠地留在那兒了。在那分成兩段的圖形，截斷了的孔雀尾羽、建築屋簷中斷的傾斜、騎士未完成的衝鋒之中。編織者也許在當下就意識到那無可挽回的差錯，幾何化圖案的寧靜秩序裡出現的一個謬誤，一次無法彌補的錯過。

這也被封存在時間裡了。

這是我最近想跟你說的一件事。

這一年，我買了好些東南亞織品的書籍。我尤其喜歡看印尼蠟染，繁複織細的線條裡頭，色彩紛紛的纏枝花卉。我也喜歡看Ikat的織布，那些通常是女性用極為簡單的傳統織機製作出來的極複雜紋樣，令你想像她們坐在織機前的盤算與計量。她們採用了哪些圖案，怎樣讓它們井然對稱地分布。然後在少數的情況下，也許是像前面說的一個錯誤，讓你忽然意識到這個織者的存在。她的一次意外被織進布裡，將她的一天永恆地留下來了。

P教授與G教授指給我看一隻鳥雀，牠嘴喙的尖端多了一道直線呈九十度下垂。她們說那是常見的一種紋樣，可以連結到《羅摩衍那》的故事。《羅摩衍那》是流行於東南亞的神話。故事裡一對戀人羅摩與希塔在他們的冒險裡失散，希塔受了反派角色的欺騙，以為羅摩死了。這時一隻鳥叼來果實作為信息，表示羅摩仍然活著。

鳥就在那裡，在紅色的底色之上，重複地出現，活著牠黃色的輪廓。一隻正叼著什麼的鳥。（在幾何化了的圖案裡，牠嘴裡叼的東西被簡化為短短的一段直線與菱形。）當活在一百多年前的這位織布者，在腦中決定了這個圖案時，她應該很清楚這個熟悉的神話故事，與其中指涉的種種吧。

關於訊息，關於愛情，關於生或是死——那是在沒有手機的時代試圖傳送一個簡訊的故事。當她操縱著織機來到那個圖案，透過手藝她又一次講述了那個故事。文化中的一則永恆主題，經由一個個人，在織機上，完成一次符碼的轉世。她像她的織線以局部衍生著全體。

我們大概早就有了失散的預感。

那預感如此栩栩逼臨遂變得比現在更永恆，在它還沒被實現前的時空裡一再重演。我們便是如此受著未來的介入，它在化為真實之前就已經比現在更搶先一步地真實著。

（我多想告訴你這不過是一場幻影般的棋局哪。但我們畢竟還是讓那些預感決定了大多數的事。）

有時候，我想做一件我不可能會做的事。那樣我便會從自己被編織在其中的那些經緯線中站起身。像個圖案脫離了布匹。像那隻永恆地叼著一幾何化的果實的鳥，忽然就拍拍翅膀，從紅色的底色之中抽身，飛走開了。

集會

現在，想起父親生命最後幾天見到的人，他們當中有的與父親素昧平生，唯一一次和父親接觸，就是在他最後的時間裡。比如從舊金山往紐澤西州的班機上，我和父親的座位本來是分開的，坐我旁邊那位著深色西裝的中年男子主動對父親說：「先生，如果你希望的話，我可以跟你換座位。」

當時，我們向他說了謝謝。現在想起來，那次換座位等於為我多掙得幾個小時和父親的相處，我最後一次的與父親比肩而坐。看見他點了一杯咖啡，吃了小餅乾；看見他睡了一會後醒來，摸索著要把桌子打開放下。給了我們這最後幾個小時共處時間的，是那個和我爸換了座位的陌生人。可現在我連他的臉孔都想不起來了。

以下，是我爸在他生命最後幾天遇見的一些人。

李伯伯與李媽媽。我妹妹未婚夫的父母親。去年我在西雅圖時見過他們。但這回在舊金山，爸媽是第一次和他們見面，除了雙方認識一下，也許還會談到預定明年舉辦的婚禮，雙方講究的習俗儀節等等。這對爸媽而言當然是件大事，我覺得我爸簡直是以一種赴外交國宴般的心情去認識李伯伯李媽媽的（第二天他還問我：「怎麼樣？爸爸表現得還可以嗎？」）。其實他和李伯伯有類似的背景，都是出生於二次大戰末期，在貧困的鄉下地方長大，勤奮苦讀，以高等教育換來讓整個家族脫離貧窮的機會。我感覺他似乎不只是認識了未來的親家，而是交了個朋友，一見如故。

離開舊金山的那天下午，我爸在住處弄傷了腳趾頭，李伯伯（他是個外科醫生）來看我爸，為他按著傷處止血。我看見我爸臉上露出那種怕麻煩人的誠懇表情，好像是說「怎麼好意思讓你來按我的腳」。但李伯伯堅持把我爸的腿擱在他的膝蓋上。

阿吉安。我妹妹的未婚夫的妹妹。她是那種很有個性，但老被爸媽嫌「怎麼就不能像哥哥那樣做些讓大人認同的事」的小女兒。感恩節晚上李伯伯李媽媽邀請我們到阿吉安住的地方吃火雞大餐（她不在，冒著被媽媽唸到臭頭的危險去男朋友家過感恩節了），發現她的小客廳從桌上到地板到處是ＣＤ。後來才知道她在為當地雜誌寫樂評，介紹舊金山地區獨立發片的樂團。

離開舊金山那天早上她帶我去逛Amoeba唱片行，盡責地推薦了許多我不熟悉的樂團，「嗯…既然妳已經買了這張呢，這個就不要好了」，試圖為我省錢，創造最佳採買組合。（但因為後來發生的事，那天早上買的十幾張CD，好長一段時間沒拆開來聽。）逛完唱片行我打電話回妹妹住處，聽見我媽驚慌失措說我爸傷了腳趾。於是阿吉安先載我回去，再回家把她的外科醫生老爸載來看我爸的傷勢。李伯伯為我爸止血時，她跑到廚房裡來找我，說，唉，流好多血啊。我故作鎮定在泡茶，其實是怕看到血所以躲在廚房裡

艾倫。阿吉安的男友。美國人。我覺得他長得有點像Coldplay的主唱Chris Martin，不過當我這樣對阿吉安說時，阿吉安說才不像呢。（「妳知道Chris Martin的女朋友是葛妮絲．派特羅？」後來她又這樣補充，我想她大概不怎麼喜歡葛妮絲．派特羅。）我爸對艾倫的印象是很客氣有禮貌，因為在我妹訂婚那天，他聽見艾倫對阿吉安的父親說，謝謝你邀請我來。他是那晚三桌的華人當中唯一一張白種人面孔，一直面帶微笑安靜聽我們用他不理解的語言交談。

因為這個緣故，我爸對這從沒交談過的美國人感覺非常之好。

G。我的朋友。住在舊金山的柏克萊博士生。到舊金山的第二天晚上我們去吃日本料理，在餐廳我打電話給G。G說已經吃飽了，不過可以來餐廳找我，之後我們再脫隊去玩耍。G這個人啊，吃好的穿好的用好的，十足皇帝命，只要他說吃飽了你就不必擔心他餓著。他到的時候我們點的菜都已經上了，爸說，「要吃什麼？再加點嘛，不要客氣。」

「不不不，謝謝伯父，我吃過了。」G說，也真的不客氣地把筷子伸到我們每個人的盤子裡夾幾塊生魚片、煮野菜嚐嚐口味。

第二天早上，聽見我爸悄悄對媽說：「昨晚小菁那個朋友，我看他是沒吃飯。」一口氣裡有種對出門在外「學生囝仔」的心疼，彷彿在G身上看見的，是像他自己當年隻身到台北讀書時一樣，儉省三餐、打工賺學費的上進青年。

我心裡暗暗好笑，G才不會餓到自己呢！他不過是嘴饞罷了。後來，離開舊金山的前一天，我爸請李伯伯李媽媽一家人吃飯，也請G一起來（因為G說「好久沒吃那種整桌的菜了」）。G一定沒想到，他就這樣非親非故地與我爸一

107:106

同吃了最後的兩次晚餐。

後來，這些人分別以不同的方式得知我父親過世的消息。不知他們是不是被這突如其來的死亡驚嚇到了？我現在想起他們，作為父親最後見到的一些人，已經改變了我和他們的關係。我單方面地依戀著這說不出口的秘密連結，因為他們都曾在不知情的狀況下，為父親而集會在一起。

光線黯淡的機艙裡，有些乘客戴著耳機看機上電影，有的閉著眼睛休息。

彼時我們正航行跨越三個時區的黑夜，即將往東岸方向突破夜空進入凌晨。

我打開頭頂小燈讀一本披頭四的傳記。

父親呢，穿著妹妹送給他的黑色大衣，在我旁邊微微側著頭睡著了。

君家好巷坊

楊絳在〈回憶我的父親〉一文中，寫到二次大戰時日軍侵略華東，當時她與丈夫錢鍾書正留學英國，楊絳的父親帶著妻女在蘇州、香山、上海間逃難，途中母親不幸死於瘧疾。待楊絳於一九三八年回到中國，江浙各地皆是日軍佔領區，他們舉家回到蘇州從前的老宅院，早已人事全非了。

楊絳回憶在戰前，老家有一個後園，種了許多杏樹，桃樹，芭蕉，玉蘭，紫薇，海棠……。經過戰亂，那些樹木或被砍伐，或因無人照料而枯死。要不，少了修剪，也從庭園觀景的植栽回復野生的擴張本性，蔓生得不成樣子了。屋外受到野生自然的收服，屋裡則受人的劫掠，所有的抽屜都被拉出來，所有的什物都被倒翻，所有的箱子都被割壞，裡頭的東西全給拿走了。

錢鍾書當時在昆明，並沒有親眼目睹楊家舊園遭劫敗毀的景況。或許他聽說了個大概的印象，或者出於對戰火破壞力量的感慨，在他從昆明寄給妻子的詩中有這樣一首：「苦愛君家好巷坊，無多歲月已滄桑，綠槐恰在朱欄外，想發濃蔭覆舊房。」

我在捷運車站裡讀到這首詩。過站的列車呼呼挾帶風聲，將許多我不認識的人帶往他們要去的地方。也許與他們心裡想望的世界近了一點，或遠了一些。許多灌滿車廂燈光的方格從眼前閃過，打出裡頭那些或坐或站的人的形影。那樣鮮明而短暫。他們與我在不同的夢境裡。

戰爭摧毀了許多人的家。對錢鍾書而言，其中一個具有特殊意義的，是楊絳家。他前一次到楊絳家的蘇州宅院，粗略推算可能是一九三五年他與楊絳結婚出國前吧？不過四年，確實「無多歲月」。可是個人又哪來力量，可以阻止亂世中一幢房子的壞毀與人亡呢？頂多藉一個轉喻，託付於院外的槐樹，默默懷著多發葉蔭的心願，給宅院多一點遮護。一種情感，間接，委婉，而綿長。（《槐聚詩存》中收錄的版本略有出入，首句為「苦憶君家好巷坊」，末句為「應有濃陰覆舊房」。）

有時候，我想到身邊曾經出現過的一些人，有的只和我交往很短的時間，就各自給帶往不同的方向去了。偶爾想起來，「那個誰誰現在在幹麼呢？」這樣想著，往往也不見得去打電話找人，就算找了也不知道要說什麼。還有些人，一直在「有聯絡」的圈子裡（通常是在email的長串名單中），可是所謂聯絡也只是名存而實亡，他寄來的笑話對我而言都不好笑，文章都不好看，她興致勃勃地說她想了個行銷的點子，我覺得簡直是遜爆了。於是你就知道，你和他們之間短暫的鉤聯，早就已經脫落了。

重讀《百年孤寂》的時候，想起一個高中時候同校同年的女生。

我記得她皮膚非常白，淡髮色，大眼睛，有點像混血兒的樣子。她很聰明，聰明得銳利。在讀書會之類的場合她是不會理會什麼學姊學妹倫理的，也不怕當面挑戰或質疑別人的論點。可以想像，在那種高中社團裡她很突出醒目，但絕不會是人緣最好的一個。

我和她沒什麼特殊的交情。只記得她在校刊上寫過一篇文章，論《百年孤寂》裡的美女瑞米迪娥這個角色。現在我已經忘記她在文章裡是怎麼說的了。瑞米迪娥是《百年孤寂》家族裡最純潔的角色，她的美吸引了無數的追求者，而那些追求者又吸引了死亡。她是一個最自然的人，馬奎斯捨不得讓她受苦變老，於是她在一最魔幻寫實的場景中拉著被單升天。她的美是不該在人世立足的美。

多年後重讀《百年孤寂》，讀到瑞米迪娥，我想起當年那個聰明、漂亮、銳利、但和周遭人好像處得不怎麼好的高中女生，她不知為什麼在全書中獨獨挑中了瑞米迪娥來分析。我記得有一段時間，她似乎比先前更常微笑，參加同學間平凡的談話，彷彿是打定主意要讓自己隨和甜美一點，融入群體之中。但也有那麼幾次，我注意到她不耐煩的表情，好像她其實是一直在忍耐著周圍這些平庸的俗輩。

這樣想起她來時，一瞬之間，我竟有一種類似「君家好巷坊」的感受。她從來不曾是我一個合得來的朋友，我跟她甚至沒有幾次說話的機會，但包裝在她甜美外表背後那種尖銳的性格，是不是在時間中經久留存了下來呢？或者像我自己身上許多狹小的偏執、習慣的幻想，任何一點也許最細微的劣質脾性，我都曾死命攢住它們，緊握拳頭不放，而吃了不少苦，而終於在時間裡修正、放鬆？這樣想時，忽然覺得當時她的性格，也許曾經不容情面地刺傷了他人，但那仍然是難得的，在那個時間點上，還沒被後來的經歷柔軟或激化，因此也有其純粹與美好。

像是一條樹蔭茂密的巷堂，每一片葉子都是人間戰火劫餘前的記號。

有一天，我真的從櫃子裡找出高中畢業紀念冊，按著上頭的電話，打到她家去。她母親告訴我她的近況，說她在某南部縣市當司法官，並且熱絡地問我：「啊妳請人喝喜酒了沒？」好像那是唯一重要的事似的。我想要是有久未聯絡的高中同學打電話來問我的近況，我媽一定也是這種反應。而那個問我消息的人，會不會從中辨識出我們多年不見的一個證據：我們都已經不是高中生了，開始被媽媽對女兒的婚姻要求（以及工作要求、規律生活要求、女性儀態要求）包圍，我們各自是如何在大人們佈下的陣地中放輕腳步，走進走出？

後來我真的找到她了。

雖然，打那通電話之前，我對我還常聯絡的高中朋友描述她的印象，她覺得我想多了（唉！這好像已經形成一種模式，我對朋友供出腦子裡的一些事，他們一律回答：「妳想太多了！」），當中也許有我自己的投射。

可是我還是打了那通電話。不為印證什麼，也不是預期什麼戲劇性的重逢，只純粹想到了，想跟她聯絡而已。

她一定很奇怪我為什麼忽然打電話來，保持著一個客套的距離。我們交換了幾句簡單的問候，說了共同朋友的近況。

掛上電話，我走進房間裡去整理一些舊書。

到了半夜，睡前打開窗戶，看見遠處大樓表面上淺淺地覆著一層光。

忽然想起，對於出入我生活，許多我所關心的人，他們身上那些美好、短暫僅見的品性，我所能把握的是那麼少，甚至，往往來不及看懂。另一方面，在我沒注意到、沒發現到的時刻，一些曾經與我衝突、令我不安、想矯正我的人，或許他們正試圖用自己的方式，將綠槐的濃蔭，為我張開。

早上十點的小巴

有一次我在上午十點左右的時間，搭上一班從山邊社區發車的小巴。

這種往返於捷運站和山邊社區的小巴，我搭過幾次，車內的氣氛和在市區內橫衝直撞的大公車很不一樣。小巴的乘客基本上是住在同一社區的人，也就是鄰居。所以小巴上幾乎有一種巷子口的感覺，乘客上了車彼此大聲招呼，互問要去哪裡，買了什麼菜，過幾天家裡誰生日，月中拜拜之類的事。無視於少數像我這樣的陌生臉孔。小巴等於是巷口的延伸，家庭主婦與退休人口互換訊息的地方，在捷運站上了車遇見鄰居感覺就是自家附近了。

有一次我在捷運站附近上車，一位歐巴桑攔住車門，用極大的嗓門，拉拉雜雜地對著車裡面坐在最後座的一個女人交代了一大堆事，要她回去煮綠豆湯，還要把菜挑一挑，要煮豬腳麵線，但務必要等她回來親自煮……。全車的人於是都聽見她們家當天吃什麼菜，司機竟也耐心等她交代完才開車。

除非是上班時間，搭上了從社區往捷運方向的小巴，那就不同。那時小巴上坐的是社區的上班人口，穿著西裝或套裝，提著午餐盒。他們不大可能和隔壁的乘客聊天，幾乎都是一副沒睡飽、「隨便怎麼樣總之趕快把我載到捷運站去吧」的樣子。可能他們真的也不認識住在同一社區每天搭同一小巴的其他人。那時小巴上沒有說話的聲音，就跟一般市區公車一樣。那樣的小巴也不是巷口的延伸，而是城市將其秩序向社區伸張過來。上班的人們上了車就自然地開始遵守城市噤聲、不盯著別人臉看等行為典則。下班後也還帶著辦公室裡的拘謹搭車，直到進了家門才跟鞋子一起踢掉。

早上十點則是另一種時間。社區的上班人口早已出門了。所以正是那些負責操持家務的人出門的時間。他們避開上班尖峰時段，把城市的主要道路讓給他們那些匆匆忙忙的兒女，可能也幫忙送了孫子去幼稚園。然後他們才開始考慮自己的這一天。那時差不多是上午十點。

所以十點的小巴仍然是很擁擠的。我不在起站上車，就沒位子坐。周圍的三四位歐巴桑正在做那種從巷口延伸到小巴上的交談。其中一位有比較多白頭髮，戴著一只綠手鐲的，帶了她的孫女跟她一起。孫女大概只有五六歲的樣子，很黑而且乾瘦，正在發育中的孩子那種不自然的抽長，性別感很淡，也是那個年齡特有的無性別。她也沒位子坐，侷促地站在她祖母的膝蓋和手扶欄杆之間。

「今天怎麼帶出來？」頭髮燙了小捲染得偏紅棕色的歐巴桑問。顯然是指孫女。但她並不去問孫女「今天怎麼跟阿媽出來啊」，而是直接將問題丟給她的阿媽。顯得孫女好像是件多餘的東西似的。

那孫女便真感覺到自己存在之多餘似的，僵直地往車窗外望。

「在家裡沒人帶。」

「××呢？」小捲髮說了一個名字。

「他現在不能動了。」

「不動沒關係啊，至少孩子怎樣他可以喊嘛。」

那個戴綠手鐲的歐巴桑笑了笑，她的樣子像是個好脾氣的人。

另一個歐巴桑打圓場似地說：「帶孫也就是這幾年了。再大一點，妳要帶她也不跟了。」

我懷疑早兩個小時搭這班小巴的乘客，歐巴桑的上班兒女們，有沒有機會聽到這樣的對話。這是他們出門上班時丟了在身後的世界，裡頭除了他們沒時間疊的棉被、來不及洗的早餐杯盤之外，還有某個癱瘓或生病的家人，留給媽媽或婆婆去帶的孩子。

小捲髮歐巴桑從鼻孔發出一哼聲。「像那個××，」她又說出了一個我不知道，但她們顯然都很熟悉的名字。「帶孫帶到身體打壞。抱孩子，抱得手關節、骨頭都不好了。哼。這些少年的，利用妳啦。要妳幫他帶孩子，等到孩子大了，就不理妳了。」她再一次強調：「利用妳啦。」

自始至終那孫女始終頑強地看著窗外。不知她聽懂了多少。你從她的表情看得出來，她顯然感覺那對話對她並不友善。她的小臉神經質地綳緊了。單眼皮下的眼睛用力盯著窗外，但那眼神一望即知什麼都沒看見。她的力氣都花在用力做出那個看的動作，以致於看不見路兩旁不斷向後倒退的招牌、醒目的廣告氣球。她的「看」是一種隱身術，既然歐巴桑們的談論彷彿她不存在，她也就配合地假裝自己沒在聽她們說話，不發出聲音，讓自己消失。

也許漸漸地那孫女就敏感地拒絕跟阿媽一起出門，而大人們還覺得很奇怪，以前妳不是最愛跟著阿媽到處跑的嗎？

如果我們能常常打破在這個城市裡移動的時間與規則，比如每天趕在八點出門上班的人，找一天故意在十點鐘去搭巴士，也許就會發現一直以來漏掉的線索——那是些累積到一定程度後會讓你突然心驚「事情怎麼就變成這樣了」的小事。

另一方面，那個小捲髮歐巴桑，她的表情僵硬而尖刻，不知曾受了什麼傷害，也許她與兒女的關係並不好，使她堅持子女對父母的關係都是出於利用。那傷害，也許也是無意中形成的，就像她現在也是無意卻粗暴地刮傷著那孫女成形中的自我意識。不知不覺，她已經在那孫女的生命中扮演了一個啟蒙的角色。

今後孫女還會常常發現，在這個世界上總會存在一些特定的時間角落，在那兒她可能不受歡迎，侷促尷尬，而寧願不計一切將自己隱身。比如在早上十點從山邊社區出發的小巴上。

早到晚走

幾年前，當仁愛路上那塊被改造成豪宅的工地還屬於國民黨黨產的時候，有一次一位資深的記者（我跟著雜誌社裡的人叫他大哥）帶我去那裡的攝影棚見習一場記者會。

記者會後，大哥留下來和幾個熟人聊天，我也在他介紹之下換了幾張從沒用上過的名片。在這麼一陣訊息交換之後，其他記者一個個離去了，我正無聊地想他到底打算什麼時候走，他忽然朝攝影棚裡一指：「妳看，這是跑政治新聞最魔幻的時刻。」

順著他的手勢望進攝影棚裡，在那密閉房間最深邃的裡側，高瓦數的燈光從幾個方向集中地打下來，形成一塊沒有暗影的地界。佈景，講台，台上的鮮花，麥克風架，布幕，全都暴露在強烈的光照裡。光亮的中心就是講台，剛剛發言人站的那個位置，現在是空的。敞亮而空缺。

第一眼的印象便是那高明度的無人狀態。但再仔細看，在講台佈景之外，房間更大的部分，比較靠近我的這一側，都在沒有燈光的暗影裡。暗中看得出一排排桌椅的形狀，角落與更角落的器材，一些看不見臉的工作人員忙著收拾纜線。剛剛坐滿記者的桌椅，現在只剩唯一的一個人在那兒打著筆記電腦。有人從暗影走進裡側堂皇的光亮，開始拆卸講台上的麥克風。我看了看手錶，記者會結束才半個多小時。

提醒了我這件記憶的是，我在南部見到一群工作人員於荒地上連夜佈置大型活動的會場。活動將在第二天一早就開始，因此所有的準備工作都要在前一天晚上完成。

那時已經晚上十點多了，荒草地上黑漆漆的，只有幾個孤立的點為工作需要而打著燈。臨時舞台已經搭好；有人正把輸出了活動主題的帆布拉成大型佈景；舞台角落後方起重機在吊高螢幕；音響公司的人一遍一遍試音，對著麥克風重複發些「刺」「刺」、「企」「企」的聲音，試驗音爆的界限。一輛卡車猛地開上草坪來，在距離我不遠的地方停下，逆著車燈的光我看見幾個人跳下車，繞到車後，開始卸下一落又一落的紅色塑膠椅子。

四面是一望無際的平坦地形，草地之外是甘蔗田。我腳下站立的地方，是廣闊嘉南平原上的一個點。頭頂是向無限延伸的黑暗夜空。

我忽然感到很離奇。

這些人是從不同地方、不同公司被叫集到這夜晚的荒地上來的，卻各自二話不說動手做事。他們正在建構這片荒地：裝音響，給它聲音；豎立螢幕，給它視覺焦點；搭舞台，為它劃分台上台下的階級。明天早上，當參加活動的人群來到時，他們見到的將是一片建構完成的草地。他們自然往舞台前方靠攏，去聽從音響裡傳放出來的音樂，去看電視牆在播放的影像。彷彿這場所一直就是這樣的，不是黑暗裡毫無座標感的荒地。活動結束後幾個小時內它又會被拆解還原。

基於偶然的因素，我比第二天參加活動的人群早了幾個小時到那裡。只是早一點到，或晚一點走，目睹了場所的建構與拆卸，便足以令人感受其中的魔幻離奇。

要是，在歷史上比別人到得早，又走得比別人晚呢？

歷史學家史景遷談到讀史的用處，說讀歷史一方面提醒我們，事情可以匪夷所思到什麼程度，另一方面也讓我們看到，人可以實事求是地回應這匪夷所思的外在環境到什麼程度。作為一個歷史系的學生，看著眼前還不斷發生的種種夢幻般的詭異現實，常常會有一種「信哉斯言」的感覺。

宋美齡活到了一百零六歲。媒體回顧她的生平時，我想起另一位長壽的老人，張學良。

張學良活到一百歲。二〇〇一年在檀香山去世。

親身經歷了西安事變的人當中，張學良與宋美齡活得比其他當事人都更久。據說宋美齡晚年曾多次私底下說，「我們對不起張學良」。有人問張學良西安事變的真相，張學良回答，只要宋美齡還在他就不會說。這兩個老人，在他們生命的最後幾年，一在紐約，一在夏威夷，不知道他們想起對方的時候，會不會總想到「他還活著」，那從另一個角度經受過同一段歷史的人還活著，像是影子之於光亮，他懷著另一個對照的記憶版本。

媒體報導，張學良過世的消息傳到紐約時，宋美齡曾在房裡沉默了幾天。她是怎麼想的呢？這當中有個早到晚走的時間差。假使，張學良比宋美齡活得更久，他會不會開口說出他的經歷？我們會不會就得知了另一個版本，改變了我們對歷史人物的評價，甚至使得今後的歷史也為之扭轉？

這些問題當然都沒有答案。歷史最迷人，也往往是最令人困惑的地方就在於，她永遠會讓人覺得其中似乎存有各種可能性——如果這樣、如果那樣，只差那麼一點……，要是當時……，事情就全不同了。但那同時也都是最虛妄的猜想。

張學良與宋美齡都很長壽。但最終只有一個人會活得比另一人更長，從而決定了一些事會被說出來，還是繼續保密。

我們對於過去的知識，其實是被許多像這樣偶然形成的空白缺口所決定。我們仍然會（並且必須）繼續梳理歷史、尋求解釋，建構它，也拆解它。我們也許用各種方式探究歷史，但我們掌握的永遠不會是完美的真相——即使是當事人也不能給我們完美的真相，空白與暗影，永遠依附在光亮的另一面。

所以，每當看見有人毫無證據地臧否、彷彿他憑直覺就可以比任何人都更接近真相，或是儼然以死者發言人自居、彷彿他可以把死者的身分像檔案那樣轉存到自己身上，我總是覺得，在歷史面前，我們實在應該學得更謙卑一點啊。

浮躁

空氣裡可能有某種病菌，搞得大家都非常的浮躁。

我打開電腦寫不了兩行字就開始上網，每分鐘檢查一次MSN看有誰掛在上面。最後乾脆放棄地跑去打電話給我的朋友，在念博士班的小銘。他也正覺得定不下心來念書，這陣子不時有朋友打電話跟他聊政治，情節嚴重些的還要約吃飯繼續講。小銘一天要接好幾通這種兩人組全民開講的電話。我想這種時候博士班學生真是最可憐的人了，大家都覺得你反正不在上班，沒別的事做，聊天隨傳隨到，一悶就打電話來串門子。剛這樣表達完同情，忽然想起我自己也是打電話來串門子的，趕快草草收尾速掛電話。

在這樣浮躁的氣氛裡，畢竟還是好好地看了場影展電影。真是沒什麼好說嘴的。台北電影節開始前就對著片單想，要看這個，要看那個，等到影展開始了卻忙東忙西地只看了這麼一部。這幾乎已經是我看影展片的固定模式了。原來各大影展除了放電影，還有這麼一種功能，一再提醒你理想與現實之間的差距。這場「現實vs理想」免費加映，自由入場。

總之，看了一場法國電影，中文片名叫做《我是男我是女》，原文呢，是希臘神話中雌雄同體的Tiresia，泰瑞莎。一個男子，懷著某種詩意的偏執，夜間驅車進入一在樹林邊，有許多阻街女郎招客的地帶。我們從他在車子裡的視角，看見那些身體的展示。她們傾身朝向車窗，說哈囉，打開外套衣氅，裸露出乳房。幾乎是不可能看清楚臉的。車燈光照的範圍很不均勻，只有淡色的頭髮與色彩鮮豔誇張的衣飾才能足夠地反光，得到顯影的機會。便使得那些身體與靈魂彷彿只是零件，你看著黑暗中浮出一件紅色馬甲，亮片短褲，廉價的塑膠皮馬靴，白金色假髮……，其餘的部分，繼續隱藏在黑暗之中。

在這樣破碎的視覺感裡，那男子卻看見了其中的一名女郎。她一個人，可能暫時遠離招客的行列去上個廁所什麼的，在樹林裡小聲哼唱著歌。一首他聽不懂的葡萄牙文歌。他帶她回家。

那阻街女郎就是泰瑞莎。她還沒意識到自己的人生從此走向她從沒想過的方向。男子把她帶回家，並不與她做性交易，只是把她鎖在房間裡，說：妳要和我一起生活。

經過一段時間的撞門，咒罵，哭泣，泰瑞莎畢竟也安靜下來了。他們甚至可以像尋常的同居人那樣，坐下來吃一頓飯了。可是，她開始長出鬍子。她原來是個變性人，長期注射賀爾蒙以維持纖細的女性外表。

如果那囚禁的房屋，是男子為自己創造出來的理想空間（在路上找一個人，移植盆栽般地把她移到他的空間裡，要她留在那裡跟他一起生活，這樣人工地創造出來的理想空間），那麼這個空間正在崩潰中。一點一點地，每一天，沒有賀爾蒙，泰瑞莎變得越來越像個男人了。她正在跨越性別的邊界，而那是無法被阻斷的時間之流。事實無望地展開，男子的理想空間從一開始就是個幻境。

也許是無法面對這個空間的崩潰。男子竟刺瞎了泰瑞莎的雙眼，將她丟棄在荒野。那不正是同一部車嗎？不久前帶泰瑞莎來，囚禁她，創造他的理想空間。這時又用來棄置。泰瑞莎來的時候坐在駕駛座旁的位置，去的時候被關在後行李箱裡，像個不合用的零件那樣地被拋棄。他要的其實是個天堂，停在絕對的一秒，容納不下時間的染污。

瞎了的泰瑞莎被小女孩救起。看不見自己的外表，也不再在乎自己是男是女了。在對自己與外界完全目盲的同時，他竟有了靈視的能力，美麗的句子與

127:126

意象自動發生在腦中，預言著村人們的未來，禍福吉凶。

這是一個關於神聖的故事。令我想起馬奎斯的一篇短篇小說。死了一個小女孩，她的屍體很奇妙地竟不腐壞，如同沉睡一般。她的父親相信那是因為女兒已經成了聖徒，於是寫信給教廷，希望得到教宗的正式認定。然而聖徒申請案件很多，教宗不會特別去注意這件小事。於是父親帶著盛裝有女兒小小不壞屍身的棺木來到梵蒂岡，花了大半輩子的時間在那裡等待，向過往路人說明，展示屍體給願意看的人。教廷的聖徒認證遲遲無望。但那父親將一輩子投入了這個他堅信不疑的信念，使他自己成為了聖徒。

時間，我總是為它的力量而迷惑。

或許時間原來是神聖的途徑，成就一聖徒唯一的方法。電影中那男子發現自己又一次地殺死了泰瑞莎，成為完成泰瑞莎神聖轉化的工具。一開始我們彷彿以為泰瑞莎是弱者，受擺佈的，被男子任意地強迫放置進他的理想空間裡，又被丟棄。後來我們卻發現男子更像是個零件，他的存在只是促使這一切的發生。

耶穌會的創立人羅耀拉這樣寫過：「任何人都不應該使用任何東西，好像這東西是他私人擁有的一樣。」

男子原來並不擁有自己的使用權。最終每個角色都如容器般地盛裝著時間帶來的一切。無論主動，或是被動。

如同我們也都共同盛裝著，這四月的浮躁。

骨牌

「腳趾又長又乾癟，有點像猿猴哩。你知道……每次看到這醜陋的腳趾，我總是毛骨悚然。妳那隻白嫩的手連那兒都按摩到了。給我脫襪子的時候，妳沒嚇一跳嗎？」

川端康成的小說《湖》的主角，是這麼一個生著難看腳趾的男人桃井銀平。越是在意自己的腳趾難看，卻越停不下來地去想它、用語言符號去言說它。連對初次見面的澡堂按摩女郎，都要這樣一再地詢問：妳看到我的腳，沒嚇一跳嗎？那腳趾似乎象徵一種恥辱與不潔，平日隱藏在鞋襪裡，不為外人所悉，但主人自己卻是心知肚明。一種無法逃避的存在，自我身體卑賤的印記，像個黑洞般，貪婪地吸納著符號與言說。

或許我們每個人也都有那樣一種隱藏的恥辱與不潔。只是在這個百分之五十對五十的社會裡，恥辱是向外投射的。藍與綠互將對方視為自己的暗影，象徵了一切人生的不如意，不可控制的變因，掌握不住的處境，說不通的道理。

在喧噪的政治新聞裡，竟傳來了袁哲生自殺的消息。我和哲生在一家報社短暫地同事過，卻（我也不知道為什麼）從沒有發展出寒暄之外的友誼。因此我這時想起他與其說是出於懷念或悲傷，不如說是基於更自私些的理由。那個週末，他的死突然連結起其他我不明白、不理解的事。霎時令我感到，這個世界果然是既空落又窄迫的，而他們（包括那些以開玩笑的口氣說起「你們這些寫作的人是怎麼搞的」的人，那些在電視上侃侃而談的人，那些從來不曾懷疑過人生的人），他們果然就是不會懂的。他的死亡像一面凸透鏡放大著我對這個世界的懷疑，結晶為許許多多的「果然」。那被放大的邊緣歪曲的影像籠罩在我所見的一切事物之上。最核心的內裡，是一種模糊的恥辱感。提醒著，其實我並不是那麼準確地嵌合到這個，說著漂亮笑話的世界。

但那之後，我畢竟還是規律地上班去了。

一天的工作之後，搭朋友的車下山。她隨手接了一通手機，於是我們就被警察攔下了。忙亂中她找不到保險證與行照，於是警察開始念出各條的罰則，所有的句子都以「依法我有權……」開頭，並表示要扣她的車牌。「這是妳的車嗎？」

「當然是啊。」
警察瞪著她：「不是這樣回答！」
那一刻我真的以為他就要控告我們侮辱警察了。
其實那是很一般的情況。違規了，被罰，也沒什麼。但對話當中卻有某種暴力的關係。警察的處置是合法的，但他很不友善，言必援引法條，將自己保護在正義合理的位置。在那位置之上，有什麼正扭曲著。他口中的法律不是用來告知你犯了什麼錯，而是作為一種壓迫的姿態拋出的，一種攻擊性的防衛。不知怎麼這樣的暴力就成立了。
我看著我的朋友慌亂地翻著置物箱，打電話回家問東西放在哪，被迫到了一處看不見的牆角。警察一刻也不停地繼續說著，妳要扣駕照呢還是扣大牌，扣大牌我依法有權給妳四十分鐘讓妳開回家，如果妳去別的地方那後果自負，扣駕照妳就最好不要被抓到。好像我們一定會繼續違規，無照駕駛似的。
我的朋友試圖發出一點抗議：我就是個規矩人，你沒有必要這樣。
「不是這麼說。」警察說。「你們這裡有人，長得也是斯斯文文的，開口就幹譙我，連我媽他都玩，我媽可以讓他玩嗎？我就讓他知道，什麼叫做尊重警察！」

不久我們就繼續上路了。我卻仍止不住地感到沮喪。仔細想來，這其實沒什麼，我們做了一件違規的事，便該被處罰。何況警察最後（在發洩了他與他母親受到的侮辱後）並沒有扣下朋友的駕照或大牌，所以我應該是沒什麼好抱怨的吧。但沮喪感卻壓制不住地，隱隱有擴散的態勢，威脅著要和其他不愉快的事情連結在一起。這種雙方都不是壞人，卻不知為何就成立了的暴力關係，總令我感到難過。

警察受了之前某個我們不認識的人的氣，鏈鎖效應地，他把氣出在我們身上了，合理的執法因此添上了粗暴憤怒的因子。

而那個幹譙他的人又發生過什麼事呢？

誰在遠處推倒了一張骨牌，它帶著前一張骨牌的推力向我們倒來了，壓過我們往看不見的地方繼續倒去。

那時我忽然想起某個遠方的友人。如夜間行過靜巷，遭逢一陣突如掩至的香氣般地，想念起他來。這真是毫無道理。像是在心理醫生面前洩漏了一則沒有表面邏輯可循的自由聯想。

克制不住地，我拿起手機傳了一則簡訊。螢幕上閃著：簡訊送出。而我想那或許又是，另一張骨牌倒地。

那是絕對想不到的。抵達紐澤西的第一件事，竟然是尋找一家葬儀社。

姐姐、姐夫上網或翻電話簿，找了一些葬儀社的資料，然後他們就出門實地勘察去了。表哥在電話裡告訴他們，一定要實地去看。我們將會用葬儀社的場地舉行告別式，至少必須是我們喜歡並認為合適的場地。

他們繞了一圈回來，大概有三家在候選名單上。其中以香柏樹林鎮的那家的條件最優。

香柏樹林鎮是我表哥住的地方，近年表嫂的父母親接連過世，都是在那同一家葬儀社辦的喪事。表哥直接找了名叫喬的負責人，問他是否可給更優惠的價格，順便簡單說明了我們的情況。喬聽了便說：「噢，我先前不知道他們是從台灣來的。」然後，不知是意識到我們此行在異鄉突遭變故，還是對台灣有特別的好感，或純粹就是就生意論生意，他主動降了一千美金。

於是我們驅車往香柏樹林鎮。先繞道經過初步被淘汰的兩家葬儀社，姐姐以極嚴格的標準挑剔指點，說不喜歡這家對外的街道，或說那附近看起來很蕭條。最後到香柏樹林鎮的雪克葬儀社。在那裡我們第一次遇見喬。

喬穿著整齊筆挺的深色西裝，相當高大。「非常遺憾。」他說，說時肅穆誠懇地看著我們每一個人。他帶我們看了一下設備。在一樓有家屬休息室，鋪著厚地毯，有像富足人家客廳般的壁爐和沙發。此外是一大一小兩間告別式的會場。

喬也帶我們去看了棺木，陳列在地下室，有各種金屬與木質。他解釋，火化時是將內棺抽出送入，外棺等於只是停靈供親友瞻仰時租用。這具可以嗎？他指著一具看起來很沉的暗色實木緞面襯裡的棺材說，是包含在費用裡的。

母親一直繃得很緊。站在她身邊你可以感覺得到，她從精神到身體都很緊縮，那使她顯得更矮小了，且像枚果核般堅硬地封閉著內裡的什麼。她沉默打量著四周，任由環繞在她身邊的我們用英語向喬詢問各種問題。我盡量將喬的每一句說明都翻譯給她聽，尤其那些聽起來很專業，很有保證意味的。

喬似乎理解，在這群家人當中，唯一聽不懂英語的這名矮小的東方中年女性，她從頭到尾沒有開口說話，但她身邊的小輩內心懷著討好她的願望，想要她滿意，如果她不點頭，喬的葬儀社就做不了這筆生意。喬明白他的每一句話都必須是為她而說的，始終耐心等我翻譯完。

最後我們到喬的辦公室坐下，談定細節。辦公室也是厚地毯、老式實木家具。這時我才明白美國可以是多麼世俗的一個社會。我們眼見的一切，包括喬的辦公室，都沒有任何宗教色彩的陳設。因為是個完全宗教中立的場所，所以可以容納各種信仰的人來辦喪禮。不同的死後世界的想像，在一場告別式後便和花籃一起撤走，清空場地給下一種生死之說。

這或許也是喬的專業的一環。現在回想，他在許多細節及時間點上表現精準的分寸掌握，適當的體貼與禮節。告別式那天早上我們到葬儀社，送去要給父親換上的衣服，父親已經停靈在禮堂，他說「我讓你們在這兒靜一會」，便告退了。看見我母親站在父親身邊跟他說話，他挪來了沙發椅。抵達父親火葬的墓園時，他發給我們每人一枝黃玫瑰，讓我們可以獻給父親，與他一同火化。對拿著父親遺照的我，他說：「他很英俊。」他在該消失的時候退場，該出現的時候帶著辦好的文件等候在旁。

我們告別式那天，葬儀社裡除喬之外還多了幾位同樣黑西裝的男子，分兩側站在後門邊。告別式後他們會負責搬棺材上車，以及駕駛等工作。據說這家葬儀社是家族企業，所以他們也許都是喬的親戚。但不知是不是說好了的分工規矩，顯然喬以外的其他人並不與家屬多作接觸。他們替我們開門，但面無表情，（或許同樣基於專業與禮貌地）將眼光轉開，不看我們哭過的臉。喬是裡頭負責有效益地付出關懷與同情的人。

父親告別式與火化後一天下午，我們到葬儀社要求看一下骨灰匣。我和姐姐已經比前一天放鬆多了。但媽媽顯然還是很緊綳。她瞪著骨灰匣看，無法相信我父親那麼高大的人能裝進這麼小的骨灰匣裡：「會不會拿錯了拿到別人的？」

喬看著我母親，等待我姐翻譯。我姐有點不好意思地如實照翻了。

絕對不會，他說。你們知道為什麼我要特別送到羅斯朵墓園去火化？這附近就有墓園，更近，而且收費更便宜，但是我只找信得過的墓園，你知道有些墓園甚至把好幾具屍體一起火化，嗳，那是違法的但你知道有些人就是……

母親仍然不放心地東張西望，她發現地上有個跟骨灰匣差不多大小的紙箱：「那邊還有。」

「不不不，」這次喬不需要翻譯就懂了：「這些是信封。」他把紙箱打開，翻給我媽看，以取信於她，真是些空白的信封，表示他絕不至於把我爸的骨灰匣跟別人的放在一起給弄混了。

我們最後一次見到喬，是要回台灣當天的傍晚，去請我爸的骨灰。按照台灣的習俗，骨灰不能帶回家裡，所以我們必須將骨灰留置在葬儀社，出發往機場前才去請。

我聽見走廊另一頭，有說話的聲音。不是一般的談話聲，而是什麼人正在致詞。我彷佛感覺得到人群集會的溫度。那是另一場葬禮，另一件死亡，另一些家庭和親友。另一些眼淚也許。

喬的太太和他一起來開門。這天喬一反前幾天的肅穆，幾乎是興高采烈的了。他拉著他太太為我們介紹：「這是我美麗的太太卡洛琳。你們看她是不是很美麗？」基於禮貌我們只好點頭。

他拿出我們追加的十份正本死亡證明，並且不收預定的追加費用。他對著我們要用來裝骨灰匣的Nike背袋搖頭（我們被航空公司要求用個一般的袋子裝骨灰匣，絕不能讓其他乘客看出是什麼），說這個袋子太醜了，到樓下拿了個暗紅色天鵝絨的袋子給我們。然後他轉過頭去對她的太太說：These are sweet people.

他們是甜美的人。

喬在處理這些事情的同時，一面閒聊地表明他在中國與台灣問題上絕對支持台灣（我們一時不知如何回答），善意而積極地指導我們往機場的路（即使我姐姐對那一帶很熟，根本不需要指路），並且，在送我們到門口時，忽然用力地親了我母親的額頭一下。我想我母親是被嚇到了。

我這輩子應該不會再見到喬了吧。這個專業的香柏樹林鎮葬儀業者。不知道哪個更接近原本的他一些？前幾次見面時的肅穆，或是最後一次的興高采烈。也許都是。在工作時表現專業的嚴肅，在事情整個處理完成時克制不住地揭露他自身其實是快樂的。他才甜美呢。在經手著許多的死亡，我們離開了，他與他的美麗妻子，繼續過著他們的甜美生活。

雙層床上鋪

關於暑熱中的寂靜，普魯斯特是這樣寫的：「天氣那樣晴朗，環境又那樣清幽，當鐘聲響起來的時候，彷彿它不僅沒有打斷白天的平靜，反而更減輕白日的煩擾，鐘樓就像沒有其他事情可幹的閒人，只管既優閒又精細地每到一定的時刻，分秒不差地前來擠壓飽和的寂靜，把炎熱緩慢地、自然地積累在寂靜之中的金色液汁，一點一滴地擠出來。」

那時，我躺在最靠近窗戶，一張雙層床的上鋪。閉上眼睛一會，又睜開。四周很靜。

我聽見有人開門，久未上油的門鈕呀——的一聲。我撐起半身轉過頭去，正好看到我的一個朋友白T恤的一角，消失在門外。

寂靜像門板一樣被推出去，又自己闔回來了

但除了寂靜，還有些什麼，被一次開門悄悄擾動了。我看了手錶，才六點，早上。我們睡在這有十二張床位的房間裡，桌上是昨晚烤肉剩的食物，用錫箔紙裹成一個個銀色的小包，一些寶特瓶裝的礦泉水和綠茶，Cosco買的好大一個蘋果派。從我的位置可以看到對面床位那幾個矇著頭睡的人，身邊放著自己的背包，地上是鞋子，椅背晾著濕毛巾。他們好像都睡得很沉，只有我一個人因開門聲醒來。房間裡有一種睡眠的氣氛。時間比窗外的鳥叫聲緩慢多了，空氣還保持靜止。

我有多久沒和人同住在這種上下舖的臥房裡啦？我高中時代的朋友們，決定離開台北一週末。經過極度缺乏效率的email討論，並遭到人在美國不克參加者不甘心的插花攪局，終於在出發前敲定目的地，並且抱著「我們才不在乎住哪裡呢！」的念頭，訂了海邊的青年活動中心，一晚上三千六百塊錢的十二人房。很便宜，沒錯。看到漏水走廊時我們說，也很老舊好不好。

從高中時候就認識的這一群人，包括我在內，平常各自過著不同的生活，但自成一email address群組，偶爾在郵件裡見面，互相喊話，一封郵件回到最後標題往往有好幾個「Re:」。從職業而言，我們大概可以分為鋼琴手，科技工程師，研究生，編輯翻譯及寫作者四大類。當然研究生又可以依科系再加以分類，不過暫時還是不要供出大家的學校好了。性別分為男生和女生（目前為止，及可溯及的過往，均為異性戀）。家庭狀況分為已婚，未婚，快要結婚（兩人，為本團體族內通婚），和有小孩（兩組）。

我前一次和他們一起出去玩，是兩千年在巴黎。那時大家分別是從慕尼黑、波士頓、舊金山、台北，到巴黎集合。這次我們的旅行團就沒那麼全球化。之前在慕尼黑、巴黎、波士頓唸書的都回來了，目的地也因應大家上班上課的時間而只能選在北台灣的海邊。等波士頓二號也搬回台北，大家就又住在同一個城市裡。從學校畢業後我們曾經想都不想地四散到世界的各個地方，現在又像把扇子般地收攏回來。

而且又來到青年活動中心，宿舍一般的房間裡。奇怪。時間總是會在你意想不到的時候，把你帶進一個跟從前極度相像的處境。讓人懷疑，我們那麼努力地往前走，從學校畢業，出去唸書出去工作，只是為了最後再回到這個海邊的，和從前宿舍沒什麼兩樣的房間裡，跟一群你十幾年前就認識的人。

下午，我們抵達後，把東西丟在房間，第一件事就是去海邊。（是的，我們不會出現「直奔」海邊這種動詞，這不是在演校園青春片。我們只會慢慢地、缺乏效率地往海邊走去，邊走邊聊天，從以前就是這樣。）

海灘上，用擴音器大聲播放著周杰倫和孫燕姿。（這又是我永恆的不解謎團之一，為什麼我們人都到了海邊，海灘管理單位卻不讓我們聽風聲或海浪，而要一遍又一遍地放〈以父之名〉？）曬得很黑的救生員坐在高椅上，手臂搭拉著，一副無聊的樣子。奇怪的是，游泳的人幾乎都擠在很小一塊海水範圍內，仔細看，原來海灘管理單位拉了浮標界線，把所有人圈限在界線之內。

那其實是非常可憐的海。被浮標圈起來，被流行歌疲勞轟炸。真是一點尊嚴都沒有的海。

更別提每隔十分鐘一次的廣播：「從側面圍牆進來的遊客請到正門買票。」溜進來的人會聽他的才有鬼。

事情大概就是這樣。我那年夏天第一次「去海邊」去的是這樣的海邊。不過，因為是跟高中時候的朋友，你就根本不會在意聽了幾次〈以父之名〉，或因為游出浮標線外，被懶洋洋從高椅子上走下來的救生員吹哨子。你會在沙灘上曬太陽，抱「有小孩組」之一的六個月大女兒，讓她把口水流在你的手臂上。把她歸還給媽媽後到未婚女生組討論其中一人的男朋友。再跟未婚男生組說說最近新出版的小說。你不會真的介意這裡的海沒有帛琉或馬爾地夫的藍（那種經常出現在轉寄郵件裡的明信片美景式的藍，以「Fw:」標題開頭的藍），就好像你不介意活動中心的建築物名字是「光復」或「建國」之類。

更不會在意睡在靠窗的雙層床上鋪。仔細聽，竟然沒有任何一個人打鼾呢。在有人開門出去以前，在開門聲讓你意識到寂靜有多脆弱，多容易被擾動以前，你漂浮在這一房間近乎夢境的睡眠氣息裡。這是很像過去經歷過的一個場景。

過去很近，近得就在眼前，以致於你一集中焦距就看出了它的遠。

我在這雙層床上鋪考慮著，要不要起床到外面走走，呼吸一肺葉對我這都市人而言太奢侈的海邊清晨的空氣，還是，繼續躺在這房間裡。

因為在這房間裡，有種更大的，關係性的奢侈。那是經過許多年，各自身分與關係的轉變，還與這一房間的朋友存在著可以到海邊住青年活動中心十二人房的情誼——彷彿時間中一切粗礪的刮蝕力量，都默默被抵銷了的奢侈；彷彿時間真的會像鬆手後的門板那樣，悄然回復到原來的位置上。

逆轉

郁雯分配給我在她婚禮上收禮金的工作。

我一直都覺得婚禮禮金真是個有意思的習俗。不知道是從什麼時候開始的，在沒有社會福利的狀況下，人們就是用這種方式互相支援婚喪喜慶的吧。

不過，說起來我好像沒參加過幾次婚禮。朋友當中當然有結婚了的。認識得早的，是在我出國的那段時間就自行了斷；認識得晚的，結婚之後才成為我的朋友。還有一大票的朋友不結婚。所以我到現在參加過的婚禮次數，還是個位數字。這是不是某種社會現象的縮影呢？

「從來沒有人找我收禮金呢。」我覺得新鮮極了。何況我在朋友當中是有算術不大好的名聲的。

「妳長大了，可以做這個工作了。」我的朋友笑著說。

當時，我聽著這句玩笑話，沒想到收禮金跟長大之間還真的有某種關係。

郁雯是我高中時候的朋友。因此我們之間有一整批跨越了高中、大學時代，共同的友人。（其中當然也不乏誰跟誰在一起過，誰跟誰又有什麼過節之類，一言難盡的故事。）於是當我坐在收禮金的桌檯後，一張面孔出現在眼前，帶著孩子的，打著領帶的，對著我微笑，好像他們認識我似的，我也對他們報以對陌生人的那種禮貌微笑。等接過紅包袋，看著上頭的名字，才發現，不是我認識的那個誰嗎？這時才抬起頭來，從眼前的這個人身上辨認出高中時候穿制服的形影。「妳是×××！」

然後就一陣驚叫。

這讓我想起一本小說《愛情的謎底》。作者創造了一個完全背反時間的角色麥斯。他一出生就是老的，皺皮膚，白頭髮，眼裡生著眼翳，像個七十歲的小老頭。然而隨著時間過去他的身體越變越年輕。他倒著生長，兩歲的時候像六十九歲，三歲的時候像六十八歲，以此類推，他心理與生理的年齡，會在三十五歲的時候交會。三十五歲的時候，他看起來就不折不扣是個三十五歲的人。可惜他不能停在那裡——可以逆反時間，卻不能讓時間停留——接下來他開始變年輕，四十五歲的時候像二十五歲，六十歲的時候像十歲。他老邁死去的過程，會是逐漸成為爬行的、只會啼哭的嬰兒。

這是個大膽的想像。如果麥斯在家裡足不出戶，就算逆反時間而生長又怎麼樣呢？還不一樣就是從生到死，死的時候臉上的皮膚是佈滿老人斑，還是粉嫩的嬰兒臉頰，有什麼差別？可是他畢竟得出門，得把自己暴露在別人的眼光之下，而且不大可能跟每一個遇見的人解釋：「我看起來很老沒錯，其實我才十六歲喔。」

這就給時間加上了一個社會向量。麥斯從小受的訓練是，隱藏實際年齡，而模仿外表的年齡。在他十六歲的時候，當他的朋友穿著襯衫與寬褲子（小說時代背景是十九世紀末、二十世紀初的舊金山），他得照著中老年人的模樣打扮舉止，好看起來不顯得那麼怪。

問題是他像所有十六歲的少男一般，墜入情網了。他愛上了一鄰家的女孩，而她把他當成樓上的老伯。這個開始得非常悽慘的戀愛故事後來延續了一生。

他在三個時間點上遇見這個女孩。第一次，他是老人她是少女，他們之間沒有可能。第二次，他三十多歲時又遇見她（她完全不認得他了），用了個假名，換了個身分，重新跟她談戀愛，乃至失去她。最後是，當他已屆遲暮之年，外表卻像個十歲小男孩，他再度找到她（這次又假冒了另一個身分），像仰望母親般看著他不知情的愛人。

小說家這大膽的想像，等於用另一個方式，再度演練了時間的殘酷。麥斯的故事是個悲劇，絕對是的。他的悲劇在於，不可能和他所愛的人，感知同一種時間。

在他三十幾歲，第二次與女孩相戀的那一回，他終於如願和她結了婚。但他的妻子漸漸老去，他卻變得年輕了，那時他得費盡心思把頭髮染灰，故意穿過時的衣服，像做舊一件古董，卻畢竟歸根結底是件假古董。人人都說他們嚮往青春。但那時的麥斯其實不想恢復青春。他年輕了而愛人老了只意味著，他們會失落彼此。

時間是社會性的，是以那些你在意的人為座標。你只是想和你愛的人停留在同一個次元。別比他們老得快，別比他們老得慢。並且希望你們的關係也是如此。所謂「白頭偕老」。

那其實不是件容易的事呢，即使我們不是麥斯，我們不逆轉青春。

時間是社會性的。你和你的朋友們，走過類似的人生階段。在類似的時候開始關心類似的問題。比如面對親人的老去，比如同時發現身體是需要被整理的，而交換起中醫或推拿診所的資訊。

那天的喜宴裡，有孩子的朋友們自然地坐在了一桌。我還滿高興沒人拿出名片來交換。

而且，我又得到朋友的特別待遇，接過他提供的水果軟糖，餵山羊般餵了他的兒子一次。這次他已經學會對我說謝謝了，雖然說得非常小聲，並且給了我一個害羞的微笑。他也長大了呢。

我們都長大了。

我會收禮金，而他會說謝謝了。

曼谷的市集

我在曼谷的市集與手持籮筐的小販錯身而過。他的籮筐裡鋪著鮮綠的葉子，上頭擺著分裝成小包的某種甜食，鮮黃色。我被那顏色吸引，但來不及叫住小販，他已經沒入我背後朝另一方向流動的人群之中了。

市集繼續將它的顏色與氣味向我推來。一家銀鋪，販賣泰北金三角地區民族的舊銀飾。店主在擦著一件銀項鍊，你向他詢問櫃子裡一件銀鐲子的價格，他就把鐲子從櫃裡拿出來，放到秤上去秤，按重量再用計算機換算成價格。他很安靜，在計算機上打出價格後便不多說什麼了，繼續低頭擦拭剛才那條銀項鍊，笑容幾乎是靦腆的，對你試探的出價，抱歉地笑著搖頭。

然後我忽然注意到櫃子上方有一疊黑色的舊布，問他是什麼，他從櫃子上拿下來，是同樣來自泰北民族的服飾。其中有一些長條形，上頭有手工彩色織繡的棉布，店主給我們看書裡的照片，是背小孩子用的。

稍晚我們在市集裡陸續遇見許多像這樣專賣泰北民族與首飾的小鋪。這許多東西在他們的生活被產生了，又被拆解下來，一件件賣進市集裡。

另一間舖子，更為陰暗古舊些。我的朋友一眼看見了櫃子裡的越南瓷器，幾件青花圓盤，必然是沉船出土的，透著海水浸泡過的色澤，以及鐵斑。她向老闆還價的時候，我隨便看著櫃子裡的舊首飾。暗色木框的玻璃櫥櫃裡，許多鑲嵌在金飾上的彩色寶石。瓷盤的價格久說不下，我的朋友懊惱地抱怨「他真固執」，最後買了一只小瓷罐。

像我們這樣從遠方來到這個市集的人，帶著自己在另一個城市裡生活的慣性與記憶，在這裡遭遇了一個圓形漆罐，一張伊斯蘭風格木雕小凳，一幅棉布上的刺繡。這些古舊的物事，它的製作看得出手工藝時代的精細，幾十年來日常使用的痕跡也安靜地沉進它的顏色裡了。你知道它從一看不見的他人生活而來，而你打量它時，又想像著它在你生活裡的新位置。漆罐在你客廳的矮几上，小凳你坐在地上看書時拿它當小桌子用。你帶著一點罪惡感接受這些從他人生活離散而來的物品，尋找它在你生活裡安頓的可能。物品獲得了新的身世，你獲得編寫進生活空間裡的一個新密碼——你仰賴這些密碼讓空間有一點暖度。

往曼谷的飛機上我繼續讀著阿颯兒．納菲西的《在德黑蘭讀羅莉塔》。阿颯兒・納菲西與她的學生們，在八〇年代政治與宗教氣氛日益緊繃的伊朗，持續閱讀著西方小說中的經典：費茲傑羅的《大亨小傳》，福樓拜的《包法利夫人》，納博可夫的《羅莉塔》，詹姆斯的《黛西米勒》，奧斯汀的《傲慢與偏見》。在那之外，是殘酷痛楚的現實。不斷有人因政治主張而從世上消失，官方日報和宣傳小冊刊出他們用在學生證上的舊照片。有人因參加遊行被逮捕入獄，聽聞獄中女子被連續強暴的真人實事，而霎時接觸到所在世界不堪的暴力。女子們因為露出頭髮或頸項，或為了穿著一雙粉紅色的襪子而遭斥責。她們必須學會用寬大的黑袍隱藏自己，同時隱藏起自己正在閱讀的一本《大亨小傳》。

這些小說到底對書中的閱讀者們做了什麼？它們成了女子們與週遭世界的一個介面。在大學裡，激進的伊斯蘭學生們用道德檢視，用現實的尺度丈量小說，細數其中反映的西方墮落與罪惡的證據。納菲西與她的學生們則試圖拉出小說與現實間的距離，徒勞地向週遭吞人的聲浪解釋小說這門越虛構越真實的藝術。

納菲西很清楚，她與學生的立足點並不相同。她在西方受教育，曾經小說與電影是她生活中理所當然之事，曾經她不必戴面紗上街，參加集會遊行也不需恐懼。而她的學生們則連這些經驗都沒有：

「這些學生和同世代的其他人一樣，根本迥異於我的世代。我的世代為失落感所苦，為我們遭竊取的過去所形成的生命空缺沉吟，使我們身在故國卻宛如異客。然而我們有過去可拿來與現在比較，我們對於被剝奪的事物保有記憶與印象。但我的丫頭們卻時常提起被剝奪的吻、沒看過的電影，和肌膚沒吹到的風。這一代沒有過去，他們的記憶是由朦朧隱約的慾望構成，被某種從未真正擁有的事物填滿。」

在一個與小說背景迥異的時空裡，穿著黑罩袍的女孩們閱讀這些小說。彷彿「另一種可能生活」的片段，從那個不曾實現的時間，離散而來到她們的生活裡。如同我們對事物的依戀，她們也仰賴這些破碎的密碼，讓時間有一點暖度。

離開古董商店後，走到一販賣飾品的攤位，四五個女子坐在墊高的地板上，面前一地的容器呈裝著各種顏色的天然寶石。她們正把那些寶石珠墜搭配著串成項鍊。我看見塑膠架子上掛著一串孔雀石藍色珠串，其間穿著幾個銀色的小墜子。那是一條長及胸前的項鍊，但我覺得應該短短一圈圍在頸際才好。

「可以幫我改短嗎？」

那皮膚黝黑的女孩，睜大她的眼睛笑著同意了。

我坐在路邊看著她靈巧地將項鍊打開，抽掉一部分的孔雀石。那是又一次對事物秩序的插手調節，調節成能和我日常衣櫃接軌的規格。

不知怎麼我想起阿颯兒・納菲西在書中說：「無論是什麼情況，千萬別把小說當成現實人生的翻版，而小看了它；我們在小說中探求的並非現實，而是真相的頓悟。」

有時我幾乎感覺，即使「現實」的本身也不能被當作現實人生的翻版。在這些紛亂的，無理可循的事件當中，長久的苦痛與壓抑之後，頓悟像舊貨舖子角落裡的一件漆器，它斑駁的紅色，忽然被看見了。

三十公分高度的宇宙

我的室友養了一隻狗。有時她晚回家，我會幫她帶狗出去散步。狗所感覺到的顯然是和我完全不同的世界。離地三十公分高度的宇宙。在家裡的時候，牠的注意力幾乎都集中在我們這些和牠共用空間的人類身上，朝著我們隨手亂丟的橡皮球或玩具骨頭一陣跑，盡可能地搖尾巴，把你伸去拍牠頭的手舔得都是口水。可一出家門就不一樣了。門一開牠便自信滿滿地衝出去，把你和牠之間的空間拉成一條狗繩子的直線。

大部分的時候牠好像是憑藉嗅覺的指引。到街角路燈邊就不肯走了，抽著鼻子聞個不停。作為嗅覺不靈敏的人類，我大概可以用看的判斷，先前有別的狗在那裡尿了一泡，因為從路燈到柏油路有一道表面顏色比較深。你只好無奈停下來等牠。

也不知道牠到底從別的狗的尿味裡聞到了什麼信息。是像火車站的黑板留言那樣嗎：「小黑注意，隨主人往大安森林公園方向前進中，請來一晤。」或是網路上的情報分享以及路況報導：「今日和平東路口有會拿雨傘戳狗的怪叔叔一名出沒。」說不定也隱含著族群緊張：「你們家犬別得意，我們流浪犬今天也有富含蛋白質食物攝取的尿液品質哩。」

等牠磨磨蹭蹭聞夠了，抬起腿來覆寫另一則新訊息上去。稍晚又會有別人像我一樣被狗繩子拖著來到這同一路燈邊，看著他們家小花專心到不行地解讀這則氣味的達文西密碼。於是，帶狗出去散步時的路線，根本沒法維持直線地前進，總是不斷受到我們無法感知的氣味訊號召喚牽引，被繩子那頭的動物拉著去靠近一些可疑的角落。

氣味其實是空間的歷史，表示曾經有一隻狗來過，在這裡留下牠的記號。其他同類狗族，則藉著同樣的嗅覺稟賦，像史家一樣解讀這些過去的殘跡。

所以每次我帶狗出去，就好像兩個史觀不同的治學者，在同一片空間裡硬是看到不同的史料。

我的目標是要到便利商店買一盒鮮乳，注意力主要集中在頭頂六十公分以上那些水皮黃什麼時候開花；巷子裡那棵樟樹先前被砍光了枝椏的，現在又毛茸茸地冒出淺綠色的新葉了；暗巷裡的行人，轉彎不減速的車；那個女孩的手織毛線圍巾很好看。

狗的目標……我不知道牠有沒有什麼目標啦，不過牠的注意力集中在地表以上三十公分左右的高度，走幾步就跑去聞路邊停著車輛的輪胎，電線桿，牆壁，花台，灌木叢，然後一無例外地朝著它們尿上一泡。說起來牠的人生觀很積極，不只觀察，還要介入改變。

因為這樣的緣故，我和狗難免陷入路線不同之爭。這點也像史觀不同的學者。我想過馬路而狗想繼續往前走。雖然盡力不露出人類的傲慢，還是忍不住：「那裡什麼都沒有，沒什麼好去的啦，還是去對面的便利商店好。」（換成學者語言：「那種題目有什麼研究價值嘛！真是。浪費時間！」）於是一人一狗在路邊僵持住了。站在路邊的吵架情侶可以從臉色看得出來，發生路線之爭的人與狗則可藉由拉緊成直線的狗繩子有效地判斷。

幸好我室友養的是雪納瑞，雖然以牠的身材而言力氣算蠻大的，通常我還能夠保有最後的路線決定權。如果是拉布拉多或是更大的狗，大概就是另一回事了。

我得承認我對狗不是太體貼，牠好像也不是太買我的帳。有一兩次我帶牠回到家門口，牠根本就坐在地上拒絕進門。還沒玩夠嗎？可是我還有稿子要寫呢。這樣咕噥著拉拉狗繩子跟牠打商量，通常牠最後也會讓步。不過我常常覺得有點罪惡感。好像打斷了牠對鄰近地區氣味地圖的勘察——牠可能覺得，小學後面還沒巡視到呢，噴水池那邊也是啊，怎麼可以就這樣回家了呢。更別提我等於是阻止了牠覆寫氣味的行程。每天牠出門去，對著其他狗撒過尿的地方再尿上一泡，這樣逐個據點種下自己的氣味，直到分布構成一張屬於牠的氣味訊號之網，這是多麼重要的大事啊。我卻因為自己買完鮮乳要回家了，就擾亂了牠的佈局。

我很懷疑狗是不是覺得我妨礙了牠的自我實現。尤其當牠坐在門口，不想進門的時候，我那種討厭打擾別人生活的個性就又開始感到抱歉了。

最近，我的室友說，她覺得狗最近樣子變了。不但稍微胖了點，而且毛色變淡，腿部的毛也變少了。「以前牠四隻腳的毛很蓬鬆呢。洗完澡出門的話，腳上的毛都會像雲一樣飄飄的喔。」

我想該不會是我害的吧。因為最近我帶牠散了幾次完成度不高的步，於是牠自我實現的不滿足就反映在外表上了。

我和一位養蘭花的朋友聊起這件事，他說他也同樣必須去觀察、猜想他的蘭花到底需要什麼。看見它長了一條新根，注意根上的顏色。如果他沒能立即理解那其中的訊息，知道天氣是否太冷，水份是否太少，蘭花也許就會死去。這世界充滿如此無聲的語言。

不過我想狗在散步這件事情上絕對不只是實用主義的。有時明明已經完全沒尿了，到了電線桿邊還是要嗅半天，抬一抬腳。我絕對不懷疑，即使帶牠散步上兩個小時，牠還是會一路重複這樣的動作。所以重點不只是真正地執行氣味的覆蓋，而是象徵。

其實牠和我這種用文字思索世界的人有些共同點。我們同樣都是，藉著象徵，建構著氣味的宇宙。

樹洞物語

當你心裡懷有一個秘密，你想到山裡去，尋找一個樹洞，對著它說出秘密，然後用泥土，永遠地將那樹洞封起來。如此你與那樹洞產生一種短暫的關係。它承載了你。作為這世界的一個朝向你的開口，它接受了你傾倒給它的東西。過去的回憶，當前的慾望……樹洞承接了它們，你轉身離開的時候，並不需要為它負太多的責任。

可實際上人們並不總是到山上找樹洞。王家衛的電影《２０４６》彷彿是如此說的。他們在同類之間找樹洞。在周圍的那些男人或女人的身上找。想要和他們產生一種關係，讓他們像樹洞一樣地承載你的秘密，當你的容器。在這個人如潮水的世界裡，大部分的眼光只是流過，身體只是擦過。人們以高聲笑語掩飾搜尋的目光，但實際上他們都在尋找著，帶著無望的希望，一個像樹洞般承載自己的秘密的人。那希望太強烈了，以致於，兩個人之間只要出現一點傷口般的接觸面，過去立時如破傷風病菌般湧入。

《２０４６》是幾部王家衛電影的續集故事。《阿飛正傳》裡的露露（劉嘉玲）出現了。在《阿飛正傳》她是張國榮的新歡，美艷而輕佻，在張曼玉面前刻意炫耀著生殖競爭勝利者的羽毛，又迷得張學友神魂顛倒。到了《２０４６》，我們才發現，她從沒從張國榮的離去中復原，仍然尋找著「沒有腳的鳥兒」，持續受著為男人爭風吃醋的輪迴苦楚。時間不再往前走了，只是重複著發生過的事，且每一次都更為不堪。她的美艷便在其中無情地折損了。

《花樣年華》裡的周慕雲（梁朝偉）也出現了。本來他是受到妻子背叛的丈夫，與隔鄰的張曼玉相互安慰，卻到最後都不肯逾越各自的已婚身分，而只能分離了。到了《２０４６》，周慕雲已經又經歷多年的滄桑，去過新加坡，在賭場裡把自己輸光，潦倒回到香港，為報紙寫情色小說。他對關係的信賴也像一件舊衣服在時間裡給洗穿了。所以我們看到的不再是《花樣年華》裡失意的丈夫，而是在情慾面前極為理智冷酷，遊走諸多歡場女子之間的一個男人。這才想起梁朝偉也曾經在《阿飛正傳》最後一幕短暫地現身。整部電影他就只出現了那麼一場戲，觀眾莫名其妙不知道這個傢伙打哪來的——那時電影接近尾聲，張國榮已經死了，張曼玉劉嘉玲已經被拋下了，而梁朝偉在那唯一的一場戲裡，穿上一身西服，別上錶鏈，梳起頭髮，出門去了。我們連他在戲裡的名字都不知道。或許那正是「周慕雲」要開始走進這個花花世界的時刻。對於《阿飛正傳》裡，那「沒有腳的鳥兒」的故事，他還不知情。但經過《花樣年華》，到了《２０４６》，他卻已經變成同樣只能飛，不能停的人。

於是，三部電影連起來看，整個故事多了種命定的色彩。喜歡過《阿飛正傳》，《春光乍洩》，《花樣年華》的觀眾，大概不會特別覺得《２０４６》好過王家衛的前作。但是作為一個系列的第三集，它卻拉出了單部電影不可能的時間序列。

十三年前看過《阿飛正傳》的觀眾，會格外洞悉當中的滄桑之感。戲裡戲外皆然。張國榮從高樓墜下。劉嘉玲經歷了裸照被公開的事件，她和梁朝偉與張曼玉之間的感情事似乎捉摸不定。彷彿觀眾在現實中，也被餵哺以銀幕上的飄移虛無。然後我們又看著周慕雲，露露，蘇麗珍，這些角色在不同的電影中出現，每一次都像個現實裡的真人似地，經歷了更多的滄桑。

當然也有新角色。像是章子怡飾演的夜總會小姐白玲。她剛搬進旅館的２０４６號房，是這個花花世界裡新來乍到的人。羽毛仍然新鮮艷麗，可以潑辣，可以驕傲。然而她很快就得學會，情慾這東西可以值兩百，可以值十塊。

把美麗與性當成口袋裡唯一的貨幣，那幣值是最不可信賴的，它使你誤以為自己是個富人，實際上一貧如洗。在虛無的愛人面前，白玲一下子就發現自己原來毫無籌碼。她對戀人那句要脅的話——「我不能和別人一樣」，已經是退到底線了，得到的回應卻彷彿相反地證實：妳和別人沒什麼不同。

這是情慾世界殘酷的規則。相信自己可以不同的人，傷得加倍重。一代一代的曠男怨女都是這樣的。情慾是對一樹洞的尋找，在人群之中尋找那個承載自己的樹洞，攜帶著過去鑽進去，好好地睡一覺。周慕雲跟白玲的差別就在於，他已經不在他人身上尋找樹洞，也不會讓自己充當別人的樹洞了。白玲在他面前，一次一次把自尊擺得更低，他卻冷酷但誠實地拒絕。從此他會是白玲一輩子失落的樹洞。

也許他已經不相信那樣的樹洞了。黑蜘蛛蘇麗珍對周慕雲說：「你了解我的過去嗎？」那時，梁朝偉對鞏俐充滿暴力感的一吻，與其說是基於慾望，不如說是被絕望所圍繞。因為無法像樹洞般承裝彼此的秘密，因為無法讓對方向自己敞開地傾倒過去（以及無法向對方傾倒自己的過去），於是有了那樣暴力的一吻，彷彿想藉由口腔打開靈魂的內膛。像離開水面的魚用身體抽搐著呼吸，他最後一次徒勞地想要突破那阻隔彼此的過去。可是，身體分開之後，還是只能互不相涉地分離。

週末晚上的捷運裡，總是有許多盛裝的男女，畫著深色的眼線，皮膚上映照車廂的金屬色。我向人群相反的方向移動，離開車站，鑽出地面，一下子眼前黑暗的夜空好像極貼近，就在伸手可及的地方。台北是個都市，但比起其他大城市它又有一點市郊的感覺，一忽兒你就離開了霓虹燈的地面，進入滅了燈光的住宅區。情侶在巷子裡擁抱著，眼光落在彼此的身後。

他們注意到了嗎？這世界像個樹洞般黝黑開敞。我想對它說點什麼，一點秘密的事，讓它替我封存起來。然而我說不出。在這巨大的樹洞面前，我的一切都構不成秘密了。

然後我忽然想起，《阿飛正傳》裡的張國榮，與《２０４６》裡梁朝偉的差別。這兩個浪子角色，一個是先天反叛的浪子，一個是後天歷經滄桑才造就的。前者一定得在年輕時死去。後者，卻非得歷經中年。如此我們好像也可以說，《２０４６》是一部關於老去的電影。故事講到了這一個地步，霓虹燈光與旗袍花樣都在鮮亮的顏色裡疲憊了。

寂靜的夏天

散步的時候忽然想起，是六月了啊。一位長輩問我：「妳會感覺時間過得很快嗎？」我說會啊。他很認真地說：「奇怪？我還以為感覺時間過得快，是年紀大了的關係。」

我好像應該謝謝他，把我劃為「還感覺不到時間過去」的一代，但恐怕我是早已未老先衰地躲不掉時間流逝的匆匆之感了。（且就我記憶所及，這未老先衰至少得追溯到小學，我清楚記得某個校外郊遊日結束後的下午，我回到家，感到期盼了一個學期的郊遊日竟就過去了，忍不住傷心哭了起來。）尤其是在早夏這樣的好天裡，越是晴朗的日子，越容易覺得時間本來無可掌握。《紅樓夢》裡賈寶玉寫〈芙蓉誄〉：「太平不易之元，蓉桂競芳之月，無可奈何之日」，大約就是這個意思吧。

但在二〇〇二與二〇〇三之間，兩個六月，接近的氣溫與光照之外，卻有什麼隱隱而徹底地不同。好像影片在拷貝的過程裡出了紕漏，失掉了一部分的音軌，那樣看似雷同，實則已在底層發生了質變。

二〇〇三年，因為ＳＡＲＳ的關係，原本每天有大量外國觀光客進出的博物館，已經好幾個月難得地冷清。回想前一年的同個時期，觀光客被一遊覽車一遊覽車地送來，一些西方人穿著短褲Ｔ恤在廣場前照相，臉孔和肩膊的白皮膚曬得紅通通的。他們當中總有些人不畏暑熱，在高溫曝曬的柏油路面上緩慢地閒逛，遂使廣場有一種鬆散的時間感。

這大概是博物館成立以來，年年夏天重複的景象。誰也沒想到，有一年，這樣的景象竟不復見了。

於是那個夏天，我每天的例行散步，走進少了觀光客的園子裡。一整座光燦動人的園林，南美蟛蜞菊，馬纓丹，番茉莉，各自在無人觀賞的情況下奢侈地盛放。那幾株榕樹，像是兩株或三株不同的樹分裂或合併那樣糾結並生，一些根幹分明是氣根落地演生的，巨大的樹冠龐龐然蔭庇出一塊空氣陰涼沁人的地界。也有南洋杉，在週遭熱帶林木板根錯綜間，頑強地保持著挺直。近水面的空中，整群的蜻蜓快速穿梭，抬頭去望時總會被它們透明翅膀近乎虛幻的滑翔所眩惑，一隻擦過一隻，像腦中那些不大容易弄清的慾望。白孔雀在籠子裡無聲地開屏，過強的光照下，純白羽毛臨近暈散邊緣，令人心碎的無色彩張力，一會又在同樣的無聲裡默默合上了尾翼。

這一切都是在無人的情況下發生的。

我決定走得更遠些，走出人工固定維護的園子，往更郊外去。經過附近排水道，堤壁上吸附著粉紅色的福壽螺卵。這裡雖然也是一處公園，但不常有人照料。野草地上立著四隻白鷺鷥，一隻全身雪白，另外三隻則頭頸呈黃褐色。（不知道白鷺鷥是不是也有年老色衰毛髮變色的問題？）少了人工修剪，蟛蜞菊和馬纓丹生長得更狂放。一些體型大小懸殊的蜂類懸吊著身體在花蕊間浮動。我稍稍走近，白鷺鷥便飛遠了，飛到更靠近山邊，更雜草叢生的地方去。

在無人注視的情況下發生：螺類的卵，靜待著孵化的週期；白鷺鷥，從遠處來，又往更遠處去。

馬纓丹叢裡，鑽出一朵紫紅色的花絨，仔細去看，果然是含羞草。我伸手去觸摸，羽狀複葉緩慢地闔起。

自然，是這樣既輕且緩地，容受了我一次無理的干預。

□

我喜歡Blur新專輯裡那首歌，Out of Time。Damon Albarn用他已經開始顯得有些蒼老的聲音唱（多麼不同於他當年唱20th Century Boy的聲音啊）：

那首讓我們自由的情歌，在哪裡／太多人仆倒／
一切皆轉往錯誤的路向／而我不知道，生命會是什麼／
如果我們現在就停止作夢／天知道我們永遠穿不透迷雲

翻譯真是不可能的，每一個字像都有絃外之意。「你最近太忙，沒時間打開你的心／看世界溫柔地迴旋／到時間之外」，還是，spinning gently out of time：「看世界溫柔地／在迴旋中耗盡了時間」？

時間之外，或是耗盡了時間、被時間耗盡。

在我印象裡，Blur是一個聰明的團。因為太聰明，過去總令我覺得少了點感情。吉他手離開了，他們玩上了MD做出更多的聲音效果。但這首歌卻是那麼不同，不是技巧的問題。一開始，地下室的回音一般，影影綽綽。彷彿是遙遠的，又像是發生在你腦子裡的聲音。就在那樣幻覺般的音場裡，開始問：那首讓我們自由的情歌，在哪裡？在那些，或許是，這世界虛耗的迴旋中，你看見了嗎，我們是不是終究，都已耗盡了時間？

我曾經非常害怕，脫落在世界的時間之外，以為那便意味著遺忘。有一陣子，我總在清晨陷入無以名狀的恐慌與沮喪。那時辰光尚早，距離城市開始運轉、商店開始營業、而我可以找到些別的事寄放我自己，還有好幾個小時。那時時間濃稠而不可穿透，我總在其中迷途。

我也曾經遇見這樣寵溺我的人，說：「很早也沒關係，妳可以打電話給我。」

要到許久之後，要到我經歷更多傷害與誤解之後，我才開始漸漸懂得：當他那樣說時，那當下誠摯純粹的善意，是多麼地珍貴並且美好。我早就應該辨認出，其中珍稀而偶然的本質啊。

那不表示我可以從此將自己的恐懼脫手，不表示我可以開始虛耗他的善意。我只是應該辨識出那珍貴的關懷，在濃稠的時間裡，像罕見寶石般發出溫潤，寬慰的光。

然後放開。繼續學著獨自面對時間，看世界的迴旋。

唯有如此，那可貴的片刻才可能保持完好，不被損害。唯有如此我才得以自由。

手風琴與靈媒

我的朋友雁盟出了一張手風琴專輯，裝在唱片公司的牛皮紙信封寄到了家裡。我放了好幾天沒拆，讓它和幾本新書一起躺在書桌上。終於打開時才發現他在ＣＤ封面寫了字給我：「我和郁雯都很用心，還是要記得聽喔」。郁雯是我的另一個朋友，在專輯中編曲和彈鋼琴伴奏。

這樣被看穿了似的，心虛而且不安。我已經不知不覺變成那種，會把別人用心的創作放在「待處理」公文堆裡的人了嗎？這一年來，我跟音樂的關係變得很淡。我有還算過得去的擴大機和喇叭，我住的地方很空，聲音在空間裡的感覺很不錯。但有一陣子經常連續幾個禮拜連音響的電源都沒打開。也好久沒有逛唱片行，偶爾想聽點什麼就只是放手邊最順手拿到的那幾張。而且往往沒聽完一張專輯就按掉了。

逐漸開始非常需要安靜。大學的時候，在學校對面吵得要死的麥當勞（連續播十幾次張學友的〈吻別〉、旁邊有兒童遊樂區小孩尖叫著從塑膠滑梯上溜下來）照樣可以唸書的時代已經過去了。閱讀時不希望有任何聲音。甚至有時候要先想辦法，讓腦子裡那些吵鬧的念頭安靜下來。由於我非常失衡、偏食地讓閱讀成了生活裡最主要的經驗，它已經對其他感官產生排擠效應了。

意識到這點時，我心裡有一點感傷。雖然我從來算不上是音樂聽很多的人，可是偶爾為幾張專輯激動，比讀了一本好小說更甚，那樣的時期也已經過去了嗎？我甚至懶於將剛收到的新CD餵進player裡，在開始一次聽覺經驗之前，橫亙著巨大的惰性。而且，恐怕音樂之從我空空的房間裡消失，除了惰性，還有某種抗拒。我已經在這個世上活了夠久，累積了相當的江湖恩怨、過往記憶。某一些歌曲已經不再像我第一次聽到它們時那樣地清白。它們讓我想起一部電影，一種人生，一些聽過或說過的話。它們受了我這個人存在的染污，再也不是從前的那些歌了。

那本來也沒有關係。這很可以是聽覺經驗自然的一部分。Coldplay，Radiohead，Turin Brake，Kings of Convenience……，那些歌讓我想起些什麼，記憶底層的暗影浮上來，我就坐在空空的房間裡受它們淘洗。不好嗎？但我似乎是無意識地，小心不讓事情這樣發生。代價是不知從什麼時候起，我切斷了聽覺的經驗入口。

有一天，在書店的門口，我被一個人叫住了。不認識的人。她從背包裡拿出一張裝在透明夾中的報紙副刊，上面是我的一篇短文章。在黃國峻自殺後，副刊編輯要我寫點什麼。我引用了里爾克的話。那個我在書店門口遇見的人，她要給我看的，就是她在那段話底下用粗黑筆劃了線。

我問她，妳很喜歡這段話？她說對。然後我們便說再見，我進書店而她離開。我有點像一個靈媒。在國峻的死亡中，媒介了另一個死者里爾克的話，讓一個讀報的人讀到了。

然後，一個星期天的早晨，我讀了點書，又回去躺在我空空的房間的床上。那個角度，剛好看見窗外一角落藍色的天空。陽光是十月之初，已經收掉了鋒芒的亮和暖度。風掃過整條巷子，造成一些樹木的搖晃與摩擦，表明在我靜止的此刻世上還有其他事情在運行。剛搬來的時候，常看見對面二樓的陽台上，有位老太太向下張望發呆。後來，一陣子沒看到她，再見之時，她已經沒有頭髮了。從我的角度，正好看見她光滑蒼白的頭顱，仍舊向下望著。後來，就連光頭的老太太也不再見到。這樣想了一會後我終於決定起身，打開音響，從袋子裡找出盟盟的ＣＤ。

手風琴的聲音，它是樂器中的說故事人。那種清清喉嚨，以蒼老的嗓音開講，卻說了一個最童真的故事的說故事人。無論多麼古老的傳說，就好像上演了無數次的生死，永遠會被當成是第一次經驗。

我提一桶水，擰了抹布，開始擦地板。抹布帶起暗色木頭上，不容易看見的灰塵和頭髮。手風琴繼續說著故事，我打開窗戶，站在風聲與琴聲之間。然後我爬上窗台，開始擦玻璃，擦掉半年來雨水的痕跡，清了可以當作空氣污染證據的紗窗，還有卡在軌道上的碎石子。風吹進房間裡，浮起了木頭地板擦過後清潔的氣味，內外的空氣漸漸混成了同樣的一種。

風好涼。我把上半身伸出窗外，攀住鋁窗，站在窗台上瞭望我所居住的這條巷子，包括那個已經不見了老太太的二樓陽台，堆著一些舊物，一張藤椅。鄰居種的一株楊桃樹就在我底下，開著細細碎碎粉紅色的花序。

誰說手風琴是流浪的樂器？它其實最適合打掃的時候聽。那早已過去了的某一天、在某間錄音室裡開闔著發出聲音的手風琴，也當了一次靈媒，把我媒介回一種聽音樂的狀態。將身體收回窗裡時我明白，我其實一直是，多麼想要將自己洗乾淨。

175:174

夢小鎮

每當在地理雜誌上讀到那些，位在遙遠世界某處的小鎮，只有一兩百人、甚至更少的聚落。不知道什麼時候會從地圖上消失，被全球化或是世界糧倉、世界工廠之類捉摸不清的辭彙給抹去了生存的命脈。還有些地方其實是城市，卻不知為何有種鄉鎮的感覺。破落的斑駁的舊建築，從某個遠去的繁華年份留下來的，帶著殖民時代金粉王朝的色彩。殖民者遠去了。城市經歷一段篤信進步的時期，卻再沒蓋出更好的房子來。

那樣的地方。我大概是受了那樣的地方的迷惑。使我在開會時老是從那些「帶動地方發展」之類的辭彙前漂離開來，而想起一個在雜誌上讀到的小鎮。比如說美國堪薩斯州的古巴鎮。據說那個地方主要居住著捷克移民的後裔，之所以有個名字叫做「古巴鎮」，是因為很久很久以前曾經有個到過古巴的人路過當地，對鎮民們講述了古巴人對抗西班牙殖民者的歷史。漂洋過海的傳奇，激起了鎮民的熱情。

那必定是個，仍然十分柔軟的世界。一個路過的人，與他的故事，還能在

177:176

上頭留下持久的印記。小鎮的名字就這樣，在一個路人的故事裡產生了。

而幾乎可以想像，那必定也是一個非凡的，聆聽故事的經驗。一個路人如何激動了全鎮的人，使他們感覺那一輩子沒到過的加勒比海島嶼，成了集體記憶的一部份。是在這樣的經驗之中，才可能產生命名，創造出名字來。有一年在紐約經過一所叫做九十幾號的中學時我想：「他們甚至懶得幫學校取個名字呢。」或者應該說，他們缺乏能夠命名的共同記憶？因為在城市裡，產生不了像小鎮那種，全鎮的人一起被一個故事激勵的經驗，也因為可以拿來命名的偉人都已經過時，新的偉人遲遲無法誕生……。然後才想到，哎，我自己念的那所高中女校，還不是叫做一個數字。

他告訴我他做的一個夢。關於他去了一個小城鎮。「好像是越南。」雖然他實際上從來沒到過，夢裡也沒有清楚的特徵足以辨識那是越南。總之是個單純美好的地方。有些老人家過來，跟他說了各種的掌故與緣由。我也在那裡聽著。

我說：「我喜歡這個夢。」

會不會我們心裡都有那麼一個小鎮的原型。一個不太大的世界。老人家會來跟你說話，而你也還能看懂他們的智慧。現實生活裡我們住在不同的城市，偶爾用email交換生活的策略。所希望與追求的既那麼相似，又是完全地不同。所以我們就只好在夢裡的小鎮見面了。共同聽一個故事的經驗，在那裡發生，就像用MSN平台聊天一般。

提姆．柏頓的電影《大智若魚》（Big Fish）裡也有個小鎮。它初登場時有如天堂。但不久就人口外移，成了一個老化又破落的地方。是因為遷走了一條鐵路嗎？還是大家都開車或搭起飛機，不再經過這個鎮了？什麼原因使得小鎮就此失去存在的正當性。外頭看不見的世界的、看不見的力量，吸走了它的生命力，留下一鎮的老人，拒絕離開的年輕人則在青春之時便開始枯槁。

直到伊旺．麥魁格飾演的男主角出現，像小心翼翼地敘述一個夢境那樣，維護了那個鎮。說來有趣，他讓那個鎮起死回生的方法是為它找到投資人——找到那些作夢的人，以夢養夢。許多人為夢想跑到大城市。其實小鎮更適合作為一個被城市人放在心裡的夢。也許不是真實的小鎮，是在地理雜誌照片裡的那種。是在我讀了雜誌之後，就進入我心裡的那種。

我也做了一個夢。

夢見我在整理著好幾個書架的書，包括一架精裝的二十四史。我還記得我是怎樣把《史記》一本一本地拿下來，按照冊數的順序排好，裝進箱子裡，最後在箱子上貼標籤，寫下裡頭裝的是哪些書。

這樣整理了一會，我父親出現了。

他幫我把那個很沉的箱子抬了出去，帶著一點得意的口氣說：「我不在妳們怎麼辦。」

那是父親過世後，我第一次清楚地夢見他。

有一天，一個年輕的女孩對我說，她覺得我變得世故了，「妳像別人一樣都在寫父親。」

我無法告訴她，大概是因為，不知不覺間，我開始在家裡補上父親留下來的空缺，無可抵賴地必須代替他處理一些現實的事。才終於發現，原來多年來他為我們做了那麼多事。那些我理所當然地以為，自然有人會處理好的事，那個「有人」不是別人，就是我爸。當他不在了那個人也就必須是我。於是我覺得自己跟他越來越像，也像他那樣在一定的時候失去耐性，露出嫌麻煩的表情。當我寫父親，也許是在寫自己。跟他一樣，得在這有限的世界裡住下來的我自己。

或者其實與那些無關。我應該對她說，大概是因為，從小在城市裡長大的我忽然意識到，父親心中必定也有一個小鎮。必定也有希望著寧靜的片刻。他年輕時從小鎮來到了大城，在這裡度過他三分之二的人生。但他心裡也必定還有一個，不可替代的小鎮。

在他過世後我感到自己第一次走進那個小鎮，在那裡遇見了他。

這些也許都是虛誕的幻想。但我們往往是在虛誕中才真實地溝通了，一個遙遠的人。

堂皇迷戀

我以為愛情當中最為精采的，乃是迷戀乍現的時刻。存在著各種的關係。有的你只能靜靜坐在他身邊看一場電影。有的只宜在夜間的酒館裡相遇。有的必須是長距離，久久收到一封簡訊。有的是壓抑的，在email裡用表情符號曲折表徵不可指稱的情緒。有的你總是在挫折的時候想起他但絕不能在那時候打電話給他。有的你可以隨時安全地見面但永遠不會絕望地想念。有的理解但不靠近。有的靠近，但別想理解。這許多的關係都是部分的。但部份也就代表了全體。

我們總是容易忘記，愛情乃是一種命名。於是它就跟所有的命名一樣，既構成意義蛛網裡不可少的一個端點，也遺漏著更多的空白。克莉絲緹娃：「由於想要命名所有的東西，他便碰上了……不可名者。」用愛情去命名一種關係的危險是，永遠會有更多的無以名之。那時你是為維護愛情這符號的有效性，而轉過頭去視而不見呢？還是束手無策坐視符號系統的崩潰？

所以，我恐怕沒有辦法好好地談論愛情。尤其當它老是跟幸福，婚姻，人生的出路之類過大的題目連結對舉。許多的戀愛發生了。許多的依賴，不安，與憤慨被偽裝成愛。但是如果把那些關係，還原到最小的單元，往往只是肇始於迷戀的時刻，那突如其來的，很可能是恍惚的一現。

這樣乍現的迷戀值得我們更誠實的對待。它應該更堂而皇之。如果它是短暫的那麼它的短暫應該被尊重，不該被人類對付時間的種種策略所扭曲，不該被生活的佈局，對易逝事物的焦慮恐懼，甚至不該被性，所延展。

愛情是一種命名，迷戀是命名還來不及發生的時刻。

迷戀近似一次出發旅行。

一種忽然掉進你生活裡的動機。

一個向量。

為一次迷戀而開始的一些新嘗試，比如說衣服，忽然開始換一種方式打扮自己了。我狂熱地愛著一條極細身牛仔褲，一件平領寬袖的黑色絨上衣，白色麻質圍巾。於是對一個人的迷戀也重疊了這些自我的裝飾，也等同身體與這些織品之間的關係。甚至後者要比前者更為直接而感官。每天你把自己放進這些織品裡，成了那個形狀，穿著這個新的自己出門，與從前微妙地不同著。

向來不買也不戴戒指手環的我，從抽屜翻出之前親族送的一條銀手鏈來，開始天天戴了。（是因為他稱讚我手腕好看嗎？）那是手感沉重得十分舒服的一條手鏈，掛著一個可以打開的墜子，裡頭是個錶。中午吃飯時小芝注意到了，詭祕地，以為墜子裡嵌著相片而笑著問了：「是哪個honey呀？」

我打開給她看：「是時間啊。」

時間甜蜜而詭詐，在迷戀中你就比較甘願地對它繳械了。把自己變成一個，不那麼像自己的人。或者那從來便是我，只是若不藉由對另一個人的迷戀，就無從現身。

自我如何容納、及回應，對一個人的想念，每一次都不同，每一次也都重新構造，定義自身的性別。那是迷戀遊戲最精華的部分。彷彿目睹自己的化身，在眼前輪迴轉世。因緣具足之時，便帶出潛藏在內裡，連自己都不熟悉的那些質素。既是我，又不是我。像尼采說的那樣，「透過與我們自身相異的他人和靈魂去生活。」

但無論如何，避免過多的命名。避免將迷戀的事端擴大，朝向愛情、以及愛情那強大的解釋系統威脅要吞併涵括的一切。

恐怕迷戀這令人戰慄的快感，成立的條件是：認識到所有關係，本質上都是荒涼的。絕對要避免讓「他喜歡我嗎？」的疑問句變成一種貪婪。避免想要從荒涼之地採收什麼的愚昧想法。看清了那荒涼，卻還置身其中。繞著囚禁虛無之獸的圍籬行走，聽牠的呼吸。一種與絕望隔鄰的歡快。

所以迷戀的人不會是包法利夫人。包法利夫人眼裡沒有荒涼。她是朝向最飽滿，華美，炫目的愛情想像而獻身的。也不會是白流蘇，她算計得太多了。可能是，對的很可能是川端康成《舞姬》裡的矢木波子。

二〇〇四年夏天我會忽然愛上一個跟我活在不同時間裡的人。並且持續到二〇〇二年。（迷戀的時間不是線性的。它是像下黑白棋那樣，一發生就把前面的時間翻盤，整局皆白。之前你認識他的每一天遂都變成是迷戀著的。）可是他會是非常地遙遠。在我覺得應該會收到訊息的時候，email信箱裡只有廣告信。然後在完全不期待的時候，忽然來了不知是什麼意思的簡訊。這就使得關係的現實部分脫離了迷戀的時間軸。這就使得他的存在彷彿只是幻影。我彷彿只是面對一堵潔白的牆，很容易可以打上心裡的影子戲。

話說回來，一切關係都有作為幻影的部分，以及從現實傳來的回聲。

關係一開始大多是你對一個人的想像，之後適度地以他的回應為支架。你本來以為他是那種對細節極挑剔講究的人，卻發現他竟全然不介意一杯沒出味道的茶；本來以為她安靜甜美，卻發現她在某些時刻變得暴怒煩躁。想像與現實相互校對，一種關係於是逐漸地成形了，最終得到了命名。

可是在某些長距離的關係裡，回應沒有接上來，在預期的節點上失蹤。命名於是無法成立了。想像的部分吃掉了現實，漸漸地它也不再需要現實的支架了。它成了一趟朝向幻影的旅程。

「我就是為幻想而活著的，以幻想為目標而行動，也因為幻想而受到了懲罰。」──《奔馬》裡的少年勳是這樣說的：「我希望有，不是幻影的東西。」

我多麼仰慕勳這個角色啊。他本是個迷戀著幻影的人，最後在幻影裡創造了真實。他打開了一條不存在的通路，看見一輪不存在的旭日。

有一天我想我應該開始一趟旅程。我開始想我該到哪裡找到他。應該是不顧一切的，帶著一點對日常責任的背信。然後我意識到那簡直是不可忍受的惡行惡狀，試圖將現實往幻影裡收納的粗暴手法。正相反，或許我應該踏上的是一趟背反的旅程。即是盡一切可能迴避撞見幻想在現實裡借用的投影。不是靠近而是遠離，像相斥的磁極那樣保持距離，一趟一趟地走開。這是一場安靜的流亡。

也是不顧一切的。

但那並不妨礙。每天我繼續在日常的軌道上行走，發生的每一則念頭都乘以迷戀的向量。那迷戀正悄悄改造著我。我接受著改變。把自己看穿，一再一再地。如同看清關係的荒涼本質般，看穿迷戀之中的自己也是荒涼的。那被迷戀的念頭搖動，吸收，在其中暈眩的我，並沒有一種不變的相狀。於是在我與我自己之間形成了一種陌生感，我看著自己怎樣一天天被豐饒的可能性吸引，開始穿上一個新的形狀，其後那個我又如何悄沒聲息地剝落了。

迷戀起始自對一個人突然乍現的愛慕，最終卻成了與自己的關係。

那關係是敞開的。洞開著許多扇的門。

門外似乎就是，神秘又可怖畏的自由。

拆房子

我喜歡的英國小說家哈尼夫・庫雷西這樣說：「愛上一個人很容易，只要讓步就行了。」

他真詐。在這個句子的末尾以一個句點停頓了。他沒說出來是什麼樣的讓步。對愛上的對象讓步嗎？

也許是——像普魯斯特的《追憶似水年華》裡馬歇爾對希爾貝特那樣的讓步。

但更大程度也許是對自己的讓步，對心目中那理想的原型愛情想像讓步，讓它變成一個可能在這個世界裡實現的事。

形式向內容讓步。假設對現實讓步。

「絕對應該如此」對「怎麼就這樣發生了」讓步。

於是就可以愛上一個人。

颱風將來的某一日，我在一面山的位置上讀小說。

那與各種層次不同的褐色、黃色拼湊而成的一整座山的綠色，無所遮蔽幾近奢侈地曝照在眼前。你真要感覺它是活的了。那巨大的體積上任何一點都是活著的。樹在搖動，山的輪廓因而微幅、沉緩地變形著，不久幾乎全然靜了下來，颱風可能就這樣離開了吧。

我忽然有種想靠近某棵巨大的樹的慾望，仰望它巨大的伸展的枝葉的傘蓋。不是那些受了圍牆圈囿的路邊樹，它的樹根不是老在水泥下水道蓋板的阻礙下停止了生長的，一真正的，山裡的樹。樹皮上滲著前夜的露水與山裡的霧氣。我好像真的可以看到這樣一棵樹。然後奇怪地意識到，心裡怎會有這樣，一株理想、原型的樹？又為什麼，毫無道理地在這麼個早晨，久違了似地想念起它來。

最近，家附近的一間日式木構平房給拆除了。

那是我小時候有記憶以來就存在的一幢屋子。我現在想不起小時候看見它的樣子了，應該也是有過極宜人居的時期。但是後來，在週遭陸續蓋起水泥公寓後，它就一味地破敗下去了。窗戶破了，用硬紙板糊上。瓦片掉了，磚頭壓著黑色塑膠布蓋上。木柱上的綠漆剝落得極厲害，幸而那種老房子的綠漆剝落起來還是很好看的。院子裡的草木當然是沒人修剪，也就有些樹芽長到牆頭上去，從裂縫鑽出來，又把裂縫掙得更大了。

到底有沒有人住呢？偶爾夜裡經過還是會看見裡頭透出亮光。不知道是誰在居住或看管著這房子。彷彿放棄了，彷彿認識到房子在蓋好之初也同時俱來著朽壞的力量，遂對那力量讓步了似的。

後來終於拆了。

拆起來真是很快。一天下班的時候經過，發現屋頂已經去了大半。再過兩天，就只有一塊空地，隔日就圍上了工程用的鐵皮圍籬。

那個夜裡我經過，發現房子已經不在了，什麼都沒有了。

我驚奇地看著月色照在空無一物，黝暗的土壤上，有一種淡淡的，冰涼的感覺。然後我又驚奇地看見，空地的角落有一株巨大的樟樹。那樟樹一定有四層樓高，與週遭樓房毫不搭調。彷彿它是一夜之間突然出現的。它在風裡的搖擺，無聲，沉著而有力的，幾乎對那些水泥房舍的平庸構成威脅。我從來沒注意到那裡有這麼一棵樹。

也許是因為從前那平房在的時候，遮蔽了部分的視線，遂使那樟樹不顯得那麼高。平房消失它便暴露了出來。

忽然我想起小說家艾柯筆下，擁有說謊（或編造夢想）天賦的波多里諾，對拜占庭大臣尼塞塔坦白自己愛上帝國皇后的一段對話。神聖羅馬帝國的腓特烈大帝是他的養父，他卻愛上只大自己兩三歲的皇后貝阿翠絲。這不可能的戀情折磨了波多里諾多年，直到有一天，他在戰場上救了他的大帝兼養父，把他帶回了皇后的面前。在以救夫恩人的新身分見到皇后的那一刻，他的戀情突然轉化了。

「我突然了解，救了主子的命之後，我也償清了我的債務。不過也是因為這樣的原因，我已經無法再自由地熱愛貝阿翠絲。於是，我發現自己已經不再愛她了，就好像一個傷口結了疤。她的目光在我心中喚起美好的回憶，但是已不再令我顫抖。我覺得自己已經可以待在她的身旁而不會感覺痛苦，離開她的時候也不會再受盡折磨。我無疑已經完全成人，年少的熱情已經在我心中沉睡。我並沒有因此而覺得難過，只有一股輕微的懷舊。我覺得自己就像一隻沒有保留而咕咕大叫的鴿子，只是現在求愛的季節已經結束。所以應該動身了，前往大海的另一邊去吧。」

那個聽著波多里諾告白的拜占庭大臣尼塞塔評論道：「你已經不只是一隻鴿子，你已經變成了一隻燕子。」

「或是一隻鶴。」波多里諾這樣加上一句註解。

彷彿從家禽變成了候鳥，意識到天空那樣大。

拆掉了房子，樹便顯得高了。

我在想或許一切關係都牽涉了讓步，像一棵被房子遮掩的樹，將自己降格到庭院的角落。然後不知什麼時候開始悄悄發生了轉化，做好了準備。也跟開始的讓步一樣容易地，有一天房子拆了，忽然便在打開的天空底下，遍照日光，遍照月光。

十五年之戀

公園有個角落，我特別喜歡在那裡吃午餐。

那是在小徑邊的一張長石凳，我一個人坐下來還有空間放午餐盒子和書。左近與正後方各有一株巨大的青楓，葉蔭濾掉了大部分的正午陽光，灑在地上（以及我身上），變成斑斑漏漏的光影。前面正對著三株南洋杉，南洋杉和青楓底下各有些矮小的灌木樹叢，沿著左側，一條窄小的淺溪潺潺而過，應該是人造的，幾塊大石頭正擺在溪流中央，充作腳踏，設計成一處跨越溪流的路口。

溪邊有兩株枝椏上舉，很疏朗的榕樹。這些不同的林木各自用不同的樹形遮蔽著天空，其遮蔽的範圍又受著風動雲動的影響。

抬頭看的時候，光與影子在臉上無聲地推移。

有一天，我在那個跨越溪流的點上，遇見了十五年之戀。

我坐在石凳上時，視線被左邊的矮樹叢遮擋，看不見小溪，只聽得見溪聲。可是那天，除了溪聲，還有些別的，一個中年女性的聲音，在唱〈月夜愁〉。

我好奇地往樹叢外探看，看見一對中年人坐在溪石上。男的背對我，穿著一般的襯衫和西褲，脖子上搭著毛巾，頭髮已經半花白了，他把鞋子脫了在旁邊，褲管捲起來，腳泡在溪水裡。女的，也就是正在唱著〈月夜愁〉的，也坐在石頭上，面朝我的方向，穿著一件俗氣而風塵味的豹紋上衣，頭髮燙成小捲用大夾子別在腦後。和她穿著上的風塵味不搭的是：她戴著老花眼鏡，在讀手裡的歌本。「月夜愁」之後，又唱〈雨夜花〉、〈望你早歸〉、〈白牡丹〉……還有一首接一首我不知道名字，只知道是比我媽年代更早的歌。

我覺得她唱得好極了，完全有可能是位職業的歌者，只是我有眼無珠認不出來。不過她的唱法不是像電視上的張鳳鳳或吳靜嫻。而是老台語唱片裡才有的那種扁細的鼻腔音，「黑貓歌舞團」那個年代的味道。

每唱完一首她會問，用台語：「好聽否？」

我已經坐回我的石凳上，就看不到他們的臉了，只是隔著樹叢還傳來歌聲和談話。我沒聽見那男的回答，也許他點頭了。女的好像代替他回答似的，說：「好聽噢！」便又翻開歌本下一頁唱起來。

有時那男的也跟著哼，兩人不大和諧地唱完，女的便說：「你會唱嘛，那你唱！你唱這條。」男的悶悶地說了什麼，終於還是女的自己開口唱，唱完又自己說「不壞噢」，「好聽噢」。

我一邊吃著我的午餐，一邊忍不住豎起耳朵聽他們唱歌對話。這是一對夫妻嗎？竟用這樣間接的方式在溝通。看他們的年紀，一定都在五十歲以上了。男的可能有六十了吧。幾乎都是女的在唱，在說話。那男的坐在一邊，默默的，身旁放著寶特瓶、塑膠袋，肩上搭著毛巾。

唱完〈白牡丹〉，我聽見那個女的說話了。「你老實跟我講，這次是為著什麼，你會想到要來『再・續・前・緣』？啊？」

她說的全是台語，「再續前緣」四個字用的卻是普通話，而且頓得特別明顯。

唉。這人間。連吃個午餐都非得這麼戲劇化嗎？非得撞進一對年近一甲子的戀人，多年別離之後的「再・續・前・緣」？

我發誓我真的不是故意要偷聽的，那男的說話很低聲，女的聲音卻很清楚，我坐在樹下不能不聽到她的「單口相聲」。光從她的單方說法，基本上也把這個故事聽出了個輪廓。十五年前這兩人曾經在一起過，男的應該是有婦之夫吧，至少有一個女兒。可能因此他們分手了。（那女的曾試圖問：「十五年前你有別的查某吧？」）今年曾有相命的對這女人說：從前的人會回來妳身邊。然後有一天，相命的話應驗了。

這讓我想起一個朋友家的故事。她家是客家人，父親年輕的時候，愛上一位閩南人家的小姐，可是家裡嚴厲要求只能娶客家媳婦。她父親只好跟初戀情人分手，經媒妁之言，娶了我朋友的母親。多年來也算相安無事，小孩一個個長大了，父親也漸漸有了老年人的樣子。可最近不知怎麼，她父親又跟當年的初戀情人連絡上了，而且有生意上的往來。

我朋友的母親氣得不得了。雖然她父親說他們之間什麼事也沒有，她母親還是一想到就發脾氣，找機會吵架。鬧得兇了父親就只好帶母親出國玩，參加大陸十五天旅行團。（我打賭這計策不大高明，沿途母親一定還是想到就鬧，不過把場景換到西湖邊罷了。）旅行回來後，她父親為了不想在家挨罵，租了個魚池，每天去釣魚，釣到又放回池裡。這樣每天每天釣，究竟是不停拋竿的人比較無聊，還是不停去吃蚯蚓、然後被魚鉤掛住咽喉的魚比較無聊？誰知道。反正魚跟人湊成一對，不斷進行重複的動作，就這樣把時間消磨掉了。

所以，過了中年的男人，跟從前的戀人重逢，可能不是什麼浪漫的事。甚至說不上「重溫舊夢」、「再續前緣」。或許只是他在自己放不下走不脫的人生之外，尋找的一點點想像空間——向著時間的魚池拋竿，想釣些什麼回來。

回到公園。當那女的開始唱〈針線情〉的時候，男的暫時從溪邊站起來，到附近晃了晃。他從我面前走過，赤著腳，褲管捲高。這時我看到他的臉。在花白的頭髮底下，帶著粗黑塑膠框眼鏡。他看起來就是我們會在捷運、公車站、小吃店裡碰到的一般中年人。他走過我面前，轉向右側那條石板路小徑，他的剛剛泡在溪水裡的腳掌，在石板上留下幾個不完整的濕腳印。

他走著那條略為上坡的路，出了樹蔭的遮擋，朝前半仰著臉，瞇著眼睛。他看起來像是困在一個恍惚的夢境之中。

而那女人，一個人留在溪邊，繼續唱著：「你是針，我是線，針線永遠黏相偎，人說補衣，針針也要線，為何放我去孤單……」我覺得那是她唱得最好的一首！簡直忍不住要掌聲鼓勵鼓勵了。

大概半個月後，我又一次遇見了這對「再續前緣」的戀人。這次我沒坐在樹下吃午飯，也沒聽見有人唱歌。是在經過時，聽到一個中年女性忽然提高聲音說：

「你有底去尋咱十五年前的感情否？」

那時我正走在南洋杉樹下，看著南洋杉樹皮上粗裂的紋路，鬱綠色葉子像傘一般的形狀與下垂弧度，想起有人跟我說過：「南洋杉是全世界最漂亮的樹。」這些樹在這裡不知已有幾個十五年了。

十五年前發生了什麼事？肯定是那個男的離開了女的。不過依我看現在是他付出代價的時候了。因為女的打定主意要追究兩人當年的錯失。她似乎期待要從那男人口中問出，既然他在十五年後再度想起了她，這當中必然有某種堅貞不移。十五年不可能白白地過去。或許依她的詮釋，當中應該要有十五年份的等待與愛，至少是悔悟，否則何以救贖她已經失去的時間？她彷彿要逼著他說出來，一句能夠解釋這一切的話。

然後我聽見那男的，彷彿被十五年這數字嚇壞了，用幾乎是囁嚅的模糊聲音說：「要去叨位尋？」

地層

有一天，星期天，剛過三點左右，一句話發生了。

「你不覺得要找到一個，永遠用他善良的那一面朝向你的人，是件很不容易的事嗎？」

這是一個我剛認識不到一小時的人。那天之前我聽說過他的名字，在報章媒體上。他是一個年輕的，有名氣的，在大多數人的猜測中屬於所謂「成功人士」，不定過著怎樣精采生活的人。我不記得話題是怎麼開始的，總之這句話，就像歷史上所有的事件一樣，偶然地發生了，但似乎又是必然的結果。既像是孤立的事件，又像是前因後果結構變動歷史命定主義推移下的產物。

這個我不大熟悉的人，不知是在哪些事件經驗的積累之下，才說出了這樣的一句話。也許他曾經打開他的PDA，檢查裡面上百筆通訊錄資料，找不到一個既友善又溫和，沒有利益關係的名字。

當那一句話落入我的意識裡，我好像一個人類學家在田野調查中，突然見到某原始聚落使用的一把打磨得非常漂亮的石杵，意識到我眼前這簡單的工具其實承載了大量無法解釋的訊息，也許洩漏了部族祖先飲食的習慣，來自草萊農耕地的起源，長久以來流散遷徙的路線。歷史紛雜的訊息，收納於一件石杵工具的形體中，像是電腦檔案存在隨身碟裡。那個星期天，聽見那句話時我想，我採到了一枚標本，但我並不知道它是從什麼樣的人身上掉下來的。

有時，面對一個人，好像面對神秘的地質層，你意識到眼前積累的落葉之下，可能是多層的腐植土，積鬱的沼氣，或堅硬的岩石。每個人都是一獨立的時間宇宙，如果我能切開他心理的剖面，在被時間掩蓋的某個地層裡，也許我會找到一首早被遺忘的校園民歌，沒考上大學那年母親的苛責，被腳踏車絆倒的經驗，籃球決賽錯失的罰球。從他的外表看不出來，天真的信念，傷害的預感，不知藏在什麼地方，如一枚三葉蟲化石，青銅箭矢，砂岩層上的頁岩層，綿延不斷的貝塚。

我經常看著看著生活中遇見的人，過濾我所知道關於他們有限的資訊，自以為是地猜測他們的地層結構。

比如說，一位多年的公務員。在辦公室裡他的屬下都不喜歡他。他們說他太會打官腔、太極拳，有人暗示他曾經接受廠商的好處。他來自鄉間，考上公務員資格後在台北一待三十幾年。對他而言認真工作意味著聽命上級，笑臉迎人，寫公文，說一些不著邊際的場面話。沒人教過他其他的方法。所以對他而言他已經算是盡責的善人，誰能要求他去做他沒聽說過的事。

一年輕的工程人員，進入公家機關體制上班，他很憤怒他的專業意見沒有被合理地重視。在他眼裡那些公務員似乎只在意如何寫簽呈，消耗預算，時間花在無意義的文書往來，作決定的責任推給上級。他說話的嗓門在辦公室走廊上顯得太粗魯了，但從前他在工地時是很需要這樣高聲說話的。他說自己是「工人性格」（在放冷氣的辦公室裡，這樣的自我描述帶著點驕傲）。他在辦公室裡挨很多白眼，所幸他的主管還支持他。

這兩個人都不是他們同事眼中的好人。第一個人據說有廉潔上的污點，第二個人總是那麼怒氣沖沖。但有一天，老公務員搭車經過嘉南平原時，忽然說起他的鄉下老家：「我是異鄉人，流浪到台北啊。」同一時間，年輕工程師在他工作的機關門口，大太陽底下戴著工程安全帽，臉上的表情比昨天更憤怒更挫折。那短暫的時刻各自傳達了什麼，從過去到現在，關於那個人所有行為的理由，一則入口密碼般的訊息。

於是，那天，我有些艱難地嘗試表達，也許善良不是名詞，而是動詞。

我們今天看到的那些不善良的人，他們也許，也曾經是善良的吧。或至少想要善良，自認是電視劇裡標準的好人。可是為什麼我們會覺得遇見一個善良的人那樣艱難。

也許我們不能假設，善良的人是天生的，而且會一直善良下去。一個人在生活這條路上碰到的岔路太多，可能因為置身無法溝通的官僚體系而變得暴躁，因為長久貧窮而開始貪婪，因為懷疑愛人背叛而怨妒，因為經常失敗而尖酸。也許有人相信自己只要按照成規填報表格就算盡責，這輩子不曾沒有人鼓勵他表達意見過。當有人責備他迂腐顢頇，他氣憤極了。有沒有人能跟他溝通得上，讓他相信不是這個世界在找他麻煩？

善良不是血統，不是什麼與生俱來的品質。會不會，當一個人站在關卡邊，如果有人伸手拉他一把，他就可以繼續保持善良？

「也許，」我試著丟出這樣一個念頭：「這世界上沒有更多善良的人，我們都有責任。我身邊的人變了，因為我沒有在適當的時候拉他一把，因為我錯過了那個時刻，我沒有足夠的能力。」

我的朋友們擔憂地說，妳想太多了。我知道他們正為我擔心，擔心我又要開始鑽牛角尖了。他們多麼善良。

颱風沒有真正地登陸。連續幾天晴朗多風，天空被掃得乾乾淨淨，雲都堆往地平線上去了。少了雲層遮蔽，紫外線格外厲害。在公路上，我眼前的車流，閃著刺目耀眼的反光。

那時，我感覺我的地層裡有什麼正要翻到表面上來，像是從沼澤底部冒出的一個氣泡，正以微小但堅持的力量，突破著意識的表面張力。

我忽然發現，一直以來我稱之為愛的東西，其實不折不扣，正是我的惡。

離婚

他說起前妻搬出去的那一天，行李用兩輛車一次載走。他走進空掉大半的房間，發現連牙膏都沒有了。夜間十一點，走進7-Eleven買牙膏。

然後開始一段漫長的調適的過程。找不到襪子。翻出共用戶頭的提款卡，發現他從來沒記住過密碼。轉過頭想要問件什麼事，已經不見了能回答的人。

生活裡交給另一個人幫你保管的那一半，現在只好收回來。碰到東西實在找不到，非得去問前妻時，想想又避免打電話，還是用email好一點，並且小心謹慎選擇著措辭。

突然空出來的空間那麼多。房間，衣櫃，現在都擺不滿了。這突然騰出來了的空間，卻是以把一段關係放進狹小的收納箱裡為交換的。那另一個人忽然脫離出自己的生活圈之外，偶然相涉的時候，雙方都盡量保持分際內的簡潔，把兩人重疊的部分收束在最小的範圍內。

這樣，再過一段時間，自然那重疊的範圍就漸漸消失了。他多收回一點自己的生活，她就多消失一些。從找到的襪子消失。從記起的提款機密碼消失。

從不必再交一半給她的薪水消失。從紀念日消失。從晚場電影消失。從電話費帳單消失。

「你以為離婚就是把一段不舒服的婚姻結束。其實事情才開始呢。會經過一個很久的過程，才要開始習慣而已。」他這樣說。那是一個逐漸抹消的過程。把一個曾經跟他生活在一起的人徹底地抹消。每多過一天都是把那個人再更抹去一點。他說最難受的是這部分。而不是離婚前的爭吵或衝突。

靜靜聽著他說這些事的時候，我想他已經進入了離婚這件事的另一個階段。我記得一年前他說起這事時，才不是這樣的口吻呢。那時他還對他的前妻懷有憤怒，大概是從爭吵中遺留下來的不滿，以致於提起時還有些恨恨的。只不過一年的時間，這些情緒卻已自行發生了轉化——即使是聶魯達從他那善妒暴怒的情人布莉絲身邊不告而別（其實幾乎是逃亡了），後來為她寫〈鰥夫的探戈〉時，還是有一種對消逝過去的眷戀之意，只是明白那已是永遠地失落了的。

聽說前妻的父親病重的消息時，他去了醫院探望那一直對他很好的老人。可是走進病房時，他一時認不出他的岳父了。那一排病瘦蒼白的老人，一致地暴露著臉頰與手臂上的青筋和老人斑，看起來都那麼像。他花了點時間適應病房裡的氣味與光線，一床一床地仔細看，找到那個已經瘦到和他記憶之中截然不同，插著鼻管的老人。

見到他，老人的第一個反應是去看他的手指。發現戒指已經不在了的時候，眼淚掉下來了。

他說，那是離婚後他最強烈感到罪惡感的一次。這個躺在病床上，連話都沒法說了的老人，在乎的竟然是他手上的戒指。老人一再地，反覆確認似地看著，勉強抬起毫無氣力的手去觸摸，又一再一再地失望了。

那以後他就成了離婚的反對者。朋友當中有人要離婚了，他第一個就說：幹麼離婚啊！不要離婚啦！

「那你自己到底為什麼離婚呢？」我忍不住問了。

早知道這是個沒辦法輕易回答的問題。我看著他的眼睛瞇縫了起來，視覺焦點在我面前一段距離外散開。像是努力拼湊出事情的全貌，但又無法確實地掌握。甚至，在能不能將那模糊的感受翻譯成語言的疑問前遲疑了一陣，終於還是開口了。

妳知道，他說，有時候，在兩個人都還很年輕時，會為了小事吵上好幾天。都是再瑣碎不過的事了。為了信賴或者懷疑，為了關心或者冷落，為了靠近或者距離。現在想起來，真是一點都記不清是些怎樣的事了。但在那些小小的衝突與爭吵中，彷彿有些看不見的什麼累積了下來，一點一點地，像是淤積的泥沙把河床墊高了。

終於有一天，你們發現自己站立的位置，已經不再是同樣高度的風景了。即使，並沒有真正發生什麼不能原諒對方的事，但彷彿先前淤積的小小爭執都還沉澱在心裡，已經不再能透明地交談。

大概是這樣的緣故，他終於還是做了那件，此後要花上三分之一人生去反對的事。

父親荊棘

父親過世之後，我只有一次清晰地夢見他。夢中我好像在整理著幾個書架的書籍，包括一架精裝的二十四史，就是我學生時代經常必須查閱，鼎文書局出的那種。我還記得我是怎樣把《史記》一本一本地拿下來，按照冊數的順序排好，裝進箱子裡，在箱上貼標籤，寫下裡頭裝的是哪些書。這是我在日常生活裡最不耐煩去做的工作，但在夢裡我好像是非常仔細、有恆地做著。

這樣整理了一會，父親出現了。他幫我把那個很沉的箱子抬了出去，而後帶著一點得意的口氣說：「我不在，妳們怎麼辦。」

做了這個夢是在五月底前的某一晚。次日，我用電腦程式試算兩種報稅的方法，決定了其中一種比較節稅的算式。把結果列印出來，仔細檢查後裝進大信封袋。一些可扣抵稅額的收據，用迴紋針別成一束，也放進信封裡。封口前我再一次打電話給朋友詢問幾個細節。終於投郵時我想，這件事，從此完完整整地，成為我的責任了。成為那許多「我不做便不會有人幫我做」的長串瑣事清單中的一小項。然後我想，昨天那個夢莫非就是這個意思。是我在預見，或在說服自己，從此要好好地、本分地處理這些日常的事務。

父親已經不在了。

父親過世，是二〇〇三年底的事。事情發生得很突然。雖然，近年父親一直為慢性疾病所苦，但那畢竟就是慢性病，我們並不覺得他會忽然地辭世，總以為至少，會有一個臥病的過程。

其實，我一直害怕父親臥病那天的來臨。幾年前，他因為咳嗽不停到醫院檢查，發現有肺積水的情況，醫生宣布必須動心導管手術。等待病房的時候，父親躺在急診室的病床上，什麼也沒說地，他忽然拉了拉我的手。我第一次在他的眼中，看見一種極不熟悉的表情。那時的我認為，那或許是恐懼。現在回想，在恐懼之外還有些什麼……幾乎，是寂寞。那時我心裡感到極大的震動。父親是個脾氣剛烈暴躁的人。我從沒想過他會在我面前，洩露恐懼或孤單的形跡。我說了什麼嗎？我想沒有。或者也許我說了些「沒問題的啦」之類，不著邊際的安慰。那大概是病房裡最氾濫的台詞第一名，可說這話的人往往連自己都說服不了。

那以後，我想我就一直是害怕的。在父親的年紀，他的心臟病，糖尿病，高血壓，都只會越來越壞，而不會真正痊癒起來。但我想我真正害怕的，還不是死亡。是遠比死亡更具體眼前的事。

我害怕再看見父親那個表情。我害怕父親的害怕。怕目睹他那樣剛強的人，在死亡面前猶豫了，低頭了。我不知道怎樣才能安慰他。

一年冬天的末尾，在山上靜修時，忽有了這樣的念頭：如果我不做點什麼，父親走向死亡的過程，一定會是充滿恐懼與痛苦的吧。畢竟那些慢性疾病的折磨，不是一天兩天的事。

但是我能做什麼呢？

沒有想到的是，當事情終於發生的時候，遠不是我所想像的那樣。二〇〇三年底，我們為妹妹在舊金山訂婚而去了美國。旅途中父親突然倒地失去意識，於救護車抵達醫院前過世了。

從美國到台灣，我忙著父親身後的種種事，一直有種不真實的感覺。彷彿，在最後的這樁事上，父親又一次替我擔負了我所無法擔負的。

這一切令我懷疑，他其實是那樣無可安慰地寂寞。

父親的家鄉在台灣東海岸的宜蘭，一個叫做大里的小地方。那地方真的很小，沒有幾戶人家。在我小時候的印象裡，幾乎是小到除了火車站就什麼都沒有的地步。當初不知為什麼，會在一個人口那麼少的地方，蓋了這個車站。

後來我才知道，我父親和他家族的命運，與那車站是分不開的。

祖父母那一代，在還沒搬到宜蘭之前，是住在台灣西海岸的，族譜上寫著福建詔安。後來不知怎麼，大概西岸移民經過多代的繁衍，也已經地少人稠，有些族人開始感到生活貧苦得過不下去了，決定再一次遷徙，到外鄉去，像他們的祖先那樣離鄉背井找活路。這次他們不是取道海洋，而是順著鐵路走，沿途做著因火車而生的種種勞動。一種新的移動方式，對他們等於新的生計。這樣一直來到東岸，在一個車站旁定居下來。仍舊做跟火車有關的種種營生，管理車站，搬運，販賣……

即使搬遷了那麼遠，所開始的新生活也僅是足以一家糊口而已。父親小時候，是一有火車靠站，便到月台上叫賣東西，賺錢幫助家計的。我們小時候過生日，媽媽會煮白煮蛋，讓我們剝了殼沾鹽巴吃。剝蛋殼好像是有點去舊換新的意思，如果發生什麼不開心的事，要去楣氣也是吃白煮蛋。父親剝蛋殼極為熟練快速，因為他小時候叫賣過的東西包括鴨蛋，經常必須在火車開動前剝了蛋殼送到客人手上。

這些事，父親講起來很簡單，沒有太多細節。基本上用「我在妳們這個年紀每天都要去賣鴨蛋。看妳們多好命！」兩句話帶過，也就完結了，還連教訓一起包括在內。等到我們大些，聽膩了，每回吃白煮蛋，不必他開口就把這兩句話學完。父親大笑，後來也就不再說。

其實我們何曾了解過父親。那樣的生活離我們太遠了。我們一出生就住在台北。七〇年代台灣經濟發展形成的眾多城市中產階級家庭之一。在那些形式化的家庭狀況調查表上，我們會寫下「小康」兩字。所謂苦日子不過是大人的幾句嘮叨話。

而且我們從來沒習慣過他的家鄉。

年節，父親開車載我們回大里，後座三個小孩子輪流暈車嘔吐。在見到太平洋之前，全都已經昏頭轉向。父親會在中途停車讓我們下來休息，休息的地方總是有小販在賣茶葉蛋。我們像是稍微得到緩刑般，一個個腳底虛浮地走下車，聞見海風的鹹味，與殘留在呼吸道裡嘔吐物的酸味。父親遞來剝好了殼的茶葉蛋，我們便受了委屈似地，小口小口把它吃進吐空了的胃裡。

也許因為旅程一開始就這麼艱難，我們從來沒喜歡過大里。也沒習慣過祖父母的口音，雜貨鋪子裡的氣味，以及那些我們很少見到、沒學會怎麼稱呼的長輩。房間似乎總是偏暗的，即使在白天。在那陰暗的屋子裡，連父親的舉止都有些不同，他和那裡的大人一起坐在板凳上，用和他們一樣的口音，說些我們不大懂的話。他成了半個陌生人。我們是外來者，他不是。

當我上了高中，讀鄉土文學，讀社會學，讀左派理論，而開始好奇那個父親的老家時，父親卻幾乎切斷了他跟老家的聯繫。祖父母過世了，因為家族內的一些糾紛，父親和大里的伯父不來往了。在他心目中那已不再是他的家。小時候他帶我們回去，我們只被嘔吐物嗆得想趕快回台北。等我們終於懂得要循線回去探訪，線索卻沒了。

也許只是一些偶然的事件，使父親一再地離鄉。他十九歲第一次離開家到台北讀書，工作，到與大里的伯父鬧翻後，卻是更徹底出走，完全地回不去了。像童話裡那對小兄妹，沿路扔下麵包屑，作為回家的記號。一回頭卻發現，麵包屑被飛鳥吃了。來時的路消失在濃密的森林裡，抹消得一乾二淨。

在他最後的幾年，當我不再像青少年時期對他充滿敵意反抗，我們之間似乎達成了一種和解，有時他會忽然對我說起他童年的事。依然是非常簡短的，細節的描述都付之闕如。對他而言，那些描述是什麼呢？是現實裡不可能實踐的返鄉嗎？

有一次他在月台上撿到了樣什麼東西。好像是金子，可能也不是真的金子。他第一次擁有一件閃亮的，但也是多餘而沒有實用價值的東西，說不出地，「很歡喜」。我至今沒弄懂他撿到的到底是什麼。那好像，只是某種對他而言，可嚮往的物件……

有一次他在火車廂內走道跑著，要把剝好殼的鴨蛋和找錢給客人，急切中一腳踩到了痰盂（那時的火車走道上竟然是有痰盂的），被盂盆粗糙的芒口給劃破了腳踝，血流不止。後來，一直就留著個月牙型的疤痕……

有一次，颳了好大的颱風。那時大里的老家還是茅草屋頂，到了半夜，風竟把屋頂整個掀走了……

父親不知是從什麼時候開始，漸漸成了一個易怒的人。那些突如其來的暴怒，使我在幼年時提心吊膽，長大些則對他冷漠以待。

要到更年長，當我自己也常為工作為報稅之類的瑣事，覺得耐性被磨光了，才明白，暴躁與失去耐心的時刻，往往也是焦慮地發現自己能力侷限的時刻，發現自己沒辦法應付那麼多合理或不合理的要求。世上總是有那麼多的事，一件接著一件來，讓你覺得自己被壓縮得什麼也不剩。那時你只想大發一頓脾氣，讓他們別再煩你了。

與其說是傷人的武器，不如說是防衛的方式。在防衛的背後，發怒的人是恐懼，也是寂寞的。

（「妳要學會控制自己的脾氣。爸爸一輩子就吃虧在不能控制脾氣。」最後的那趟旅程，我聽見父親這樣對姐姐說。）

帶父親骨灰回台灣的航程裡，我在半陷入沉睡的機艙內調動個人螢幕的頻道。最後停在一集國家地理雜誌頻道的節目，正介紹著荊棘的樹種。

荊棘的尖刺，不真是為了刺傷在它身邊活動的動物。正相反，它與其他物種是相互依存著的。但尖刺畢竟構成進食的阻礙，讓那些食用它的動物吃得少一點，緩一點，好讓它能來得及，在被取食殆盡前長出新芽。

那時，在熄了主燈的機艙裡我想，這就是父親啊。

父親的發怒將世界從他身邊推遠，不是為了傷害誰，而是他也需要一點喘息的時間。最初我太不經世事了來不及看懂。後來看懂了卻不知如何靠近，如何復原那沿途記號被飛鳥吃掉了的路徑，找到進入他世界的方法。

但父親並沒有責怪過我。他穿著我為他買的襯衫，躺在紐澤西醫院的診間，寧靜地去了。

另一種時間

在博物館，看著展示櫃玻璃後頭的東西，我總是會想，它經歷過怎樣的歷史呢？

一只銅觚，一隻青花釉裡紅盃，一枚戒子，一方硯台。在成為博物館收藏以前，也許它們曾有過另一種生命。那時他們存在的理由不是為了被觀看，而是被使用。盃裡曾經真的裝過酒，真的握在某人的手裡過。硯台曾經長期放在案頭，有上好的松煙墨在它身上摩擦過。

然後不知發生了什麼事，它與原來的主人失散了，也許轉手又換過好幾個主人，當中有些家族興衰的故事。不知怎麼就來到了這個地方。流浪的終點，在玻璃櫃裡，精密調節過的陳列室光線打照處，遠遠地和人隔開了。它和人最後的一點關係，就是清冷的對望。

在它的前一種被使用的生命裡，它不是主角。一件器物既然是被使用的，就一定在故事裡佔著一個從屬的地位。通靈寶玉再是件神物，我們要看的是賈寶玉怎樣發傻發痴，一下子摔，一下子又弄丟了它，還看林黛玉怎樣被寶玉的玉跟寶釵的金鎖暗示的「金玉良緣」給氣病了。但是一旦被放進博物館，它就是主角了。燈光是為它而打的。整個博物館空間就是為了讓它能好好地被看見。那些從展示櫃前走過的人類，全是配角，分別負責讚嘆、注視、賣弄學問、發呆、抱怨冷氣太冷等龍套戲份。

出現在文學作品裡的物不計其數，有一件特別引起我的聯想。就是出現在楊絳《孟婆茶》中的竹雕陳摶老祖像，楊絳父親生前放在書案上的一件工藝品。我把楊絳女士提到這件工藝品的段落抄錄於後：

我父親去世以後，我們姊妹曾在霞飛路（現淮海路）一家珠寶店的櫥窗裡看見父親書案上的一個竹根雕成的陳摶老祖像。那是工藝品，面貌特殊，父親常用「棕老虎」（棕製圓形硬刷）給陳摶刷頭皮。我們都看熟了，決不會看錯。又一次，在這條路上另一家珠寶店裡看到另一件父親的玩物，隔著櫥窗裡陳設的珠鑽看不真切，很有「是耶非耶」之感。我們忍不住在一家家珠寶店的櫥窗裡尋找那些玩物的伴侶，可是找到了又怎樣呢？我們家許多大銅佛給大弟奶媽家當金佛偷走，結果奶媽給強盜拷打火燙，以致病

> 死，偷去的東西大多給搶掉，應了俗語所謂「湯裡來，水裡去」。父親留著一箱古錢，準備充小妹妹留學的費用。可是她並沒有留學。日寇和家賊劫餘的古磁、古錢和善本書籍，經過紅衛兵的「抄」，一概散失，不留痕跡。
>
> 財物的聚散，我也親眼看到了。

不知道那件竹雕陳摶老祖像，現在還完整存在這個世界上嗎？其他從楊家散失出去的文物呢？珠寶店的店主，也許是從急欲銷贓的強盜，或者從後來的某一任收藏者接過了那個雕像，無論如何，他不太可能知道那個竹雕屬於楊家共同記憶的一部分，它曾經怎樣立在楊絳父親的案頭，怎樣被粗糙的棕刷子刷頭皮。它的上一個生命，算是散失了。也許它得到某個古董店顧客的賞識，被買了回家，上了另一個人的案頭，開始它的新生命。但它與楊家的關聯，就此被覆寫過去了。

當然我們不只是健忘的動物。學者從檔案，從史籍，或透過風格比對，尋找著物的身世，「這是典型十八世紀風格」、「這很可能就是造辦處檔案提到的某一件」，彷彿在與時間的遺忘力量搏鬥，為物找回它們失去的意義。當然物也在獲得新意義，從我們這個時代的視角回望時，我們會說什麼？我們會對一雙三寸金蓮鞋子嗤之以鼻嗎？我們會在歷史文物上架構國族認同嗎？我們會因為雞缸盃在全球拍賣市場上的行情而興奮嗎？

Discovery頻道曾經播出埃及王后納芙蒂蒂的木乃伊之謎。

英國一位埃及學家弗萊契大膽假設，某具臉部遭到毀壞的無名木乃伊屍身，便是埃及史上艷光照人兼權傾一時的王后納芙蒂蒂。她帶著這個大膽假設，數位X光技術專家，與一整個Discovery拍攝團隊進入墓穴。她尋找著木乃伊X光片裡形狀接近項鍊珠墜的暗影，推論木乃伊彎起的手臂持有象徵法老的權杖，蒐集壁畫中有關納芙蒂蒂的紀錄及身影。但她的結論觸怒了埃及考古學家。據說是埃及學界教皇級的人物哈瓦斯，以霸氣十足的口吻斥其推論為無稽。木乃伊到底是不是納芙蒂蒂，仍然充滿爭議。但雙方的考古合作顯然已經破裂，哈瓦斯表示，不會再允許弗萊契進入墓穴研究木乃伊。

於是，這具木乃伊在入土三千多年後真的獲得埃及人相信的死後生命，還上了電視，被全世界觀眾盯著看。

我想起古詩十九首中，有這麼一首，開頭幾句是：

驅車上東門，遙望郭北墓。白楊何蕭蕭，松柏夾廣路。
下有陳死人，杳杳即長暮。潛寐黃泉下，千載永不寤。

這是個奇怪的詩人。他在遊覽上東門時，遙望夾道的白楊與松柏，忽然，將視線往下，穿透地表土壤，進入地底，白骨所在的陰暗昏杳的世界。於是詩中多出一種時間，就是死人的時間，永恆於黑暗中靜止，千年不醒。

確實，那個時間就在我們腳下，就在我們身邊。永恆的沉寂，比埃及木乃伊們生前所篤信的永生更真確。

在地表短促躁動的時間裡被創造出來的意義，在地底下還有另一重時間等待著承載它，吸收它，一種永恆靜止的時間，在無始無終的寧靜黑暗裡。

昨日的視覺

《新橋戀人》中的那個女孩，夜間潛入博物館，找到她最喜愛的那幅油畫，藉著手電筒微弱的光線細看。在她失明以前，無論如何想要再看一次。如果不是在那個禁止進入的時間，而是在大白天買了門票，跟其他觀光客一起排隊進入了展覽廳，那麼這最後一次，失明前的觀看，似乎就不那麼令人感到「沒有遺憾了」。這最後的一次執取，似乎必得是對世俗秩序的一次犯行。必須是偷來的。然後才可能安靜下來等待，等待對這世界的視覺像種罪惡般地被滌淨。

作為一個夜間闖入博物館的犯罪者，她終於置身黑暗無人的展覽廳中，面對著她最喜愛的那幅畫了。那終於是屬於她獨自一人的畫了。沒有白晝的觀光客跟她分攤。就跟即將隨失明而來，籠罩她的完整黑暗一樣只屬於她自己。我想也許此後她對那幅畫的記憶將永遠是幽闇的——不是因為失明把光帶走了，而是因為記憶中最後那次，在竊賊般的手電筒照射下完美的觀看。

我羨慕那夜間闖入博物館的女孩。看過《新橋戀人》的人應該至少有百分之八十會羨慕那在漆黑空蕩的博物館內，尋找那「再看一次」的經驗吧。首先必須是，有那樣一幅畫長久以來吸收了你的渴望，成了你心目中無論如何必須在失明前再看一眼的景象。

讀了布賀東（Andre Breton）的《娜嘉》（*Nadja*），才知道他也曾經有同樣的羨慕。

「娜嘉」是布賀東筆下女主角給自己取的名字，是俄文「希望」這個字的開頭，「也正因為那只是開頭」。彷彿希望只能是這樣攔腰被砍斷似的。

但你總是懷疑，即使羨慕著同樣的事情，實際上沒有兩個人的羨慕是相同的。布賀東是這樣說：「我很喜歡那些只為了能在非法時段裡盡情欣賞用暗燈照明的女子的畫像，而故意被整夜反鎖在博物館裡的男人。在那之後，他們怎麼可能會不對這名女子知道得比我們更多呢？」這段話讓你有同感，卻也同時有種很想扁他的感覺。讀完整本《娜嘉》這種感覺就更強烈了。

或許是那種想要比別人多知道一點的暗示令我嫉恨？或許我之羨慕於博物館潛入者的不是那種特權感，而是不擇手段的凝視本身——就像愛情發生的時刻一樣，別的都不重要了。

「但那只能發生在明天就要失明的人身上呀。」有人這樣提醒我電影的劇情。「除非你知道自己就要失去，否則不可能以那樣的強度去看。」

好像我們不失明似的。難道我們不是一直在失去前一秒看見的東西。早晨醒來，甚至沒有察覺地，再也無法以昨天的眼睛看世界了。

昨日的視覺，它像一種珍稀的鳥禽悄悄地絕種了。牠族類的最後一隻飛遍密林找不到交配的對象，且樹林像過小的佈景不經久飛，忽然牠發現自己闖進山坡地邊的高樓社區，像是走出了攝影棚的楚門，死時也就落在某棟大樓的公共設施中庭裡，被當成麻雀埋葬掉。此後生物學家要說明這個物種只能舉出同屬的，或是同科的其他物種來混充。

昨日的視覺是類似那樣，在不知不覺中就消失了，此後只能以今天看到的，最接近的東西來比喻。（而大多數時候你甚至沒有意識到自己只是在比喻。）

我把手掌貼在冒著涼氣的牆壁上，希望能摸出白色的形狀。凌晨五點三十四分的白色。然後才意識到那根本不是白色。那顏色中帶著點昏弱冷淡，只有整日裡的這個時間，這天的天氣，在這個傾斜的日光角度下才會有這樣的白色或非白色。每一秒它都更朝向本有的飽合靠近。但每一秒也都和那樣的飽和維持著一不可跨越的距離。

有一次我走進博物館正在佈置中的展間。穿著實驗室白袍般工作服的修復師，戴著口罩與手套，檢查平放在桌上的一幅油畫的狀況。她的臉孔露出在口罩上方的那部分對我笑了笑。

許多油畫靠牆而立。牆上的懸勾還沒開始等待它們。有人帶著我走了展場一圈，我逐漸認出那些極有名氣的油畫。曾經在西洋藝術史的書籍上看到過照片的，應該總是泛著雪銅紙的光澤的。

不知為什麼那空間令我感到一種稀薄的悲傷。四周非常非常地安靜。燈光因為照射在寂靜上所以就顯得暗了。那些靠牆的油畫，像許多美麗的世界並排而立。你認出它們每一幅在雪銅紙上時都是單獨飽滿的，現在卻因為你與它們之間那無聲靜寂且光照黯淡的空間，使它們似乎在你眼前變得輪廓疏淡了，但對你在心底像認出熟人般的無聲驚喜——「是它！是那幅畫！」它們似乎也都包容地接受了。

你注視這幅畫與你之間的距離，第一次意識到看見它也意味著看見那距離。當一幅畫被印在雪銅紙上，印成你可以一眼看清楚的大小時，你與那幅畫之間快速地達成一種觀看關係，快到來不及意識到，那關係原來平滑一如紙張。但在展示間裡，你需要站在一幅畫前，花一點時間適應它，謹慎地，恍惚地，不敢期待能找到它的秘密。這時你彷彿面對許多世界入口中的一個。在進入以前。不忍逼視其中的豐美與這一秒的單薄。

後來我一直沒有在展覽正式開幕後，像其他觀眾排隊進去正常地觀看。

在我心裡存著這樣的記憶。彷彿自己在某個時刻整個地碎掉了。關於那不可能再現的展覽廳，疏冷的光線與距離，就存在其中一個碎片裡。在昨日視覺的光漸漸失明以前。

長生殿

台北的國立故宮博物院藏有一幅唐玄宗的書法〈鶺鴒賦〉。江兆申先生《雙溪讀畫隨筆》形容其筆勢「使、轉、頓、挫之間，精力瀰漫，圭稜如削」，考證其完成的年歲，推斷必為玄宗四十歲以前的作品，所以「一意矜持，務在求勝」。

這「一意矜持，務在求勝」八字，我惦念了好久。連看了三天蘇州崑劇團演出全本的崑曲《長生殿》。從第一天唐玄宗與楊貴妃於月下星前飲酒，立誓相守，愛情是在榮華寵幸的頂點，連嫉妒都是美美的。帝國是在繁盛的雲端，傾天下的人力物力供養宮中的歌舞昇平。卻在楊國忠，安祿山這些角色的身上，暗示著墮落腐敗的根芽。第二天，忽忽安史之亂起，貴妃縊死在馬嵬坡。鉅變生於不測之中，從雲端摔落谷底。於是這天的最後一折，唐玄宗騎馬入蜀，望眼平川，一段獨白戲，便頗有前路迢迢，不知所依之感。到了第三天，唐玄宗一出場已經白了鬍子。（這天演員出了點狀況，唐玄宗連著幾天唱下來，嗓子已經啞了。我這第一次看崑曲的大外行最初還以為，是故意這麼唱著來表現年老悲傷的哩。）這一天的主題似乎便是悔恨。楊貴妃的鬼魂悔生前罪孽，老病的唐玄宗悔不能力救貴妃於馬嵬坡。人鬼相隔，各自懸念那失去了的，錯過了的。直到大團圓結局硬是讓他們又在天上碰面了。

這樣連著三天看下來，便覺得，在舞台的虛幻空間裡，時間感一折一折地伸展開來了。第三天的高力士與唐玄宗，與第一天看起來真是不同。走路的身段姿態，分明就是一對老主僕，經歷滄桑變化，只剩兩人相互為伴。如此看來，整齣戲與其說是關於愛情，還不如說是關於人生的懊悔。關於人有限的視界，在繁華中未能洞燭傾覆的先機，青春的時候看不到老年，歡樂的時候看不見悲傷。楊貴妃在被君王寵幸安全地包覆之時，看不見被進送荔枝的快馬踏殺的人命，為取悅她所而肆行的破壞。在當時，死亡和她是沒有關係的，殊不知，幾折戲之間，便猝然臨之。

唐玄宗李隆基何許人也？他是睿宗之子，排行第三，按太子立長的慣例，是輪不到他當皇帝的。但是李隆基平韋氏之亂有大功，他父親等於是靠著他才穩坐皇帝位。不但長兄宋王李成器謙讓太子位，父親睿宗也覺得該讓他當皇帝才對。因此當李隆基二十八歲那年，父親把皇帝位禪讓給他，龐大的唐帝國到了這年輕的天子統領之下，那可不是按著世襲的慣例，而是他憑實力與功績把天下鞏固下來。意氣昂揚之時，可不真有點「一意矜持，務在求勝」嗎。但也是在他這一朝，唐帝國由盛轉衰，大起隨著便是大落。

我看《長生殿》後兩天都掉了眼淚，在那些常要在電影院裡借我面紙的朋友眼中，這不過是我的又一樁好笑事。真是有所不知，這戲看下來真是會哭的。戲劇濾掉了歷史人物的功過是非，簡化為一則故事的同時，也貼近了人類生命共同的母題。生離與死別，擁有與失去，得意與痛悔，這些人生基本的程式設定，我們平凡小老百姓也會經歷的。只不過故事發生在權力及財富頂點的帝王后妃身上，更顯得無可奈何。如此長生殿這劇名，及其英譯 *The Palace of Eternal Youth*，彷彿指涉著現實與想望之間的落差。生不久長，青春無法永恆，然而當其盛時，又有多少人能反省到短暫的本質？長生不可能，但總被誤信為真。

自從明人洪昇寫就《長生殿》，這齣戲曲一次一次地在戲台上演習著不變的生命母題。而無數演員對這些母題不同的體驗闡釋，則一再地豐富著戲曲。彷彿世上原是沒有新鮮事，生死已經發生太多次，但每一次都還是有不足為外人道的甜美與苦痛。我所欣賞的這次演出，也在幾幕戲的安排上與原著有微妙的差別。其中我覺得最有意思的改編，是在〈得信〉一折。

那是當老病的唐玄宗夢見楊貴妃沒死，驚醒後命高力士尋訪通靈人士來為楊貴妃招魂。某道士高人果然在蓬萊仙山找到成了仙的楊貴妃。楊貴妃托道士傳信「只願此心堅似始，終還有相見時」，並透露即將到來的八月十五中秋夜，便是玄宗「飛昇」之時，請道士指引玄宗的魂魄到月宮相見。

接下來〈得信〉一折，演的就是玄宗得到信息的一幕。在洪昇的原作，以及顧篤璜的改編中，這折戲都只有唐玄宗與高力士兩個角色。由高力士向唐玄宗稟報道士尋訪的結果。但在這次演出裡，則增加為三個角色，即：皇帝、道士，和高力士。本來由高力士代為向玄宗稟報的話，改由道士自己親自說明。

這改動最直接的影響，就是劇中角色從稟報者與聽稟者的雙向對話，變成稟報者、聽稟者，外加一個旁觀者的三角關係。原來的稟報者高力士，一變成為了旁觀者。

於是當道士向玄宗報告貴妃已經成仙，兩人很快可以相見，我們看見高力士側過臉來，搖了搖頭。我們看到他臉上不忍心的表情，似乎他其實是不相信的，卻又不忍心戳破，因為道士的滿口荒唐言，乃是眼前這悔恨的老人唯一能有的安慰。當玄宗聽說八月十五即可與貴妃重逢，高力士回答：「如今七月將盡，中秋之期只有半月了。請萬歲爺將息龍體。」這老宦官不忍違忤糊塗了的太上皇，演了一場戲中戲，像哄小孩吃藥睡覺。

從兩角戲到三角戲，舞台上不過多了一張表情，一個知情的旁觀者的表情，便使整件事更顯悽愴——又有誰比這個一直在場的老宦官高力士，更適合擔任這個不忍的旁觀者？

因此當最後的圓滿大結局上演，玄宗皇帝升天到月府與貴妃重聚，仙子們跳起霓裳羽衣舞，我感覺自己作為觀眾，襲用了前折戲裡高力士的眼光。直覺得這些月宮中的歌舞，不過是前一折那個活在懊悔中的老人，為自己的死亡虛構出來的幻象。當扮成仙子們的年輕演員，跳著很難當上「霓裳羽衣」四個字的舞蹈，我看到的彷彿是另一場戲，一場沒演出來的戲。舞台上是病重將死的老太上皇，發著夢囈，終於見到他苦思多年的貴妃，眼前是廣寒宮闕、旋舞的天仙。這些，圍繞在他病榻邊的宦官與宮娥，沒有一個人看得見。

不知怎麼我想起張作驥《美麗時光》裡，那對被世界逼得走投無路的好朋友小偉與阿傑，在黑道仇家的追殺之下，跳進家門口的大水溝。在藍色的水底世界，他們的傷口與病痛竟然都好了。身邊滿是鮮豔美麗的熱帶魚，彷彿進入了小偉姐姐與她沒有結果的戀人，天各一方凝望著的水族箱。那樣一個幻境的存在，修補了現實的殘酷。

根據正史記載，唐玄宗死時，高力士不在身旁。當時這七十幾歲的老宦官給流放到巫州去了。再度回到宮中，見到玄宗遺詔，老宦官為沒能扶柩而慟哭，不久也死了。倒是，一位也是因罪被流放的史官柳芳，曾經在途中遇見了高力士。柳芳趁機詢問開元天寶宮廷史事，高力士也為之一一述說。一個曾經榮寵之極，官拜驃騎大將軍的內侍，在遠離權力的地方，為自己曾經眼見的繁華做出最後一次敘述。然而他所說的一切，又有多少能讓這名叫柳芳的史官瞭解？

或許，他的敘說從沒人能真正聽見。一如玄宗夢中的霓裳羽衣曲。

二人一役

我到國家戲劇院看了日本Ku Na'uka劇團的《天守物語》。美麗的天守城宮主富姬，從觀眾席的後方出現，如夢似幻地緩緩走到舞台正中央，一開口，卻是低沉的男人聲音。這是Ku Na'uka劇團特殊的「二人一役」演出方式，所有角色都被拆解成一名表演者與一名敘述者。一位演員表演動作表情，另一位像配音員般地說出他的台詞。

女宮主富姬是男人的聲音，男武士圖書之助卻是女人的聲音。負責動作的表演者，身著華麗衣飾誇張地演出著；負責說話的敘述者，卻端坐在舞台四角的定點上，如如不動；角色的分裂形成一種近似傀儡戲的效果，彷彿那些衣著華麗的演員，都受著言語線繩看不見的拉扯而動作。

性別也在聲音與表演的分離中錯開了——當富姬為圖書之助點燃手中的燭台，對他一見鍾情而說「不想放你回去了」，本該是一幕浪漫愛情戲，卻因為富姬那低沉蒼老的男人聲音而顯得滑稽。再加上最後的芭樂流行歌，整齣戲背離淒美的原著，成了一齣充滿諷刺意味的喜劇。

走出劇場時我和同去看戲的朋友都覺得很有意思。可是接下來的幾天，我每在單獨的時刻一再想起戲的片片段段。有什麼令我感到不安，看戲的當時沒有意識到的，這時在心裡蠢蠢欲動著，要冒出芽來。

本來，就故事的本身而言，《天守物語》絕不至是齣喜劇。天守城中住著美麗的妖精富姬，天守城外卻是姬路城主播磨守統轄的人類領地。城內的妖精，與城外的人類，構成二元並存的秩序。只不過，妖精在城裡清楚看見人類的活動，人類卻對妖精的世界一無所知。直到有一天，兩個世界因一隻獵鷹而發生了交集。

富姬因看不慣播磨守作威作福，起了戲弄之心，將一把破傘變幻為鶴，引誘播磨守放出他鍾愛的獵鷹來追。待獵鷹飛入天守閣，富姬便把它抓來送給妹妹當禮物。但播磨守卻為失鷹而惱恨，下令看守獵鷹的武士圖書之助切腹自殺，或是冒險進入傳說有妖怪居住的天守閣，把獵鷹找回來。

這本來是一則現代世界成形的寓言。在人類的擴張之下，世界顯得窄迫了。自然的事物一旦進入人類眼中，就要被標示所有權。劇中的播磨守，就象徵這樣一種人類的典型，想把他在人類社會中的權力，擴張到自然，甚至妖精的領地。他不僅視老鷹為己有，看到了鶴，又想把鶴變成自己的。劇中富姬便曾這樣回答圖書之助：老鷹也有自己的世界，妄想擁有老鷹，不過是人類的傲慢自大罷了。

然而即使是千年妖精富姬，也無法阻擋播磨守將自然編入其所有權的慾望。天守閣作為妖精的世界，即將被人類入侵了。第一個闖入天守閣的人類是圖書之助，富姬因愛上他，放了他回去。卻引來更多的人類，為追捕圖書之助而闖入天守閣。天守閣已經不再具有阻絕外力的力量，如果它象徵著人類最後的禁地，現在這禁地的山門已經洞開。

這故事預示著一個除魅時代的到臨，妖怪，鬼魂，幻影，都將在人類火炬的光亮中消失。

也許我的疑惑，便是這樣一個帶有對現代性深思反省意味的故事，如何便在劇團的演出中荒謬地轉化了。

《天守物語》演出的說明摺頁裡，收錄了劇團總監宮城聰的一段話，他反省當代社會情境中的人類：「我們幾乎感受不到自己是一個能夠大聲說：『這就是我！』的單獨個體。我們是對人類失去信心的受害者，對自我的價值產生質疑，對自己也充滿了無力感，缺乏『憑一己之力，也能影響眾人』的信念。」

人被貶值到只是組織系統的一部分，像個零件般隨時可以被拆裝或組合。蒼白地扮演著自己在工作或家庭、學校中被指派的角色。

這樣說著的宮城聰，卻創造出「二人一役」的表演形式，將角色更進一步地拆解成表演者和敘述者。一個角色分化為兩個零件，齒輪般地互相卡榫，一起轉動。

為什麼呢？難道是，演員「憑一己之力，影響眾人」，只能發生在自己被編派的任務之中，從極片面（只有動作、或只有台詞）的立足點開始，去放大能量，影響舞台上的全局？像是現代社會中的個人，只能從承認自身的零件性，從這個位置出發去說：「這就是我」？難道是，我們無可避免地是必須在這一切分裂與細碎之中，去拼湊故事整體的含意嗎？

小說家過世之後的某一天，我去了朋友家的聚會。當時有人對作家自殺做出這樣的發言：「你們根本就不想被救助嘛。如果想被救助，自己就可以救助自己啊。」

許多事情，我總是迷失當下的時機。卻在好一陣子之後，在一個完全不相關的場合，才想了起來。一個星期六，我在浴室裡放著熱水時，忽然想起那段對話，就在一屋子的蒸氣裡氣憤地哭了。

如今我對那說話的人並不懷有惡感，卻卡住似的一再想，為什麼那時什麼話都說不出呢。或許我當時應該這樣回答：「對啊，就像你這種人，根本不想多花一點腦筋，去認識這世界上還存在著跟你不同的人嘛。如果想了解，自己就會了解啊。」

我一邊掉眼淚一邊想，那時為什麼沒有這樣回答呢。既然當時沒有回答，為什麼現在才覺得氣憤悲傷呢。彷彿有什麼人為我說出了當時遺漏的台詞，某個端坐在我腦子裡的敘述者。她說了，我就這樣，控制不住地哭了起來。

跟蹤

其實我跟變態跟蹤狂可能有一些共同點。

比如說，意外讀到一本好小說，就想把同一個作者寫的每本書都找出來讀。死了的作家嘛，總有讀完的時候。如果是活著的作家，那就開始長期而耐性的潛伏觀察，等待他的下一本書。五年，十年。有時候也會對一個作者失去興趣：「唉，他後來的作品都沒有從前的好。」口氣裡帶點懷舊，在那種只讀過他新書的讀者面前顯得驕傲、驕傲地見異思遷，改而跟蹤別人。

其實不只小說，音樂也是。喜歡的樂團快要出片的時候，網站或是音樂雜誌往往已經先透漏了訊息。七月會發新片喔！小小的值得期待的盛事。

我在愛丁堡的那幾年，正是所謂Brit Pop極盛的時候。樂團都穿愛迪達T恤，留那種亂七八糟，有鬢，黏成一塊的髮型。帥的人留那種髮型還是很帥（比如還沒禿頭前的Blur主唱），不帥的人看起來就有一點邪惡了（以Supergrass為代表）。那時我才剛開始聽英國搖滾，很容易碰到其實早就大名鼎鼎但是我才第一次聽的樂團，進入一個年輕的宇宙。The Verve在組團七年後，忽然以

Drugs Don't Work暴紅，那是他們的第一首冠軍單曲，在電台播到翻。我記得很清楚，當時報上的一篇專稿這樣讚嘆：「如果他們可以寫出這種歌，之前到底都在幹麼呢？」這位記者實在不瞭，如果每首歌都是一出就中，被當成國歌傳唱，那就少了回頭跟蹤的樂趣。像我一樣聽了Drugs Don't Work才回去找The Verve之前專輯的人，不可能會失望，而是會開心地買下《北方靈魂》（A Nothern Soul）。不過The Verve在唱完Drugs Don't Work之後就解散，為我的跟蹤絕了後路。主唱Richard Ashcroft後來自己發的片，我也沒跟下去。總覺得Drugs Don't Work是一種告別，已經放手了，就徹底放吧。

還在不斷成長中的樂團，就可以往前往後地跟。Radiohead出OK Computer時我才第一次聽這個團，大驚。回頭去聽The Bend，原來曾是那樣的吉他。再接下去聽OK之後的Kid A和Amnesiac，吉他手都去玩效果器了。最近他們又出了新專輯Hail to the Thief。

「怎麼樣呢？」我問已經聽了的朋友。他不說好也不說不好，只是笑著說：「繼續在自溺的道路上前進。」聽起來不像稱讚，但是我懂他的意思。Radiohead走到這一步，已經不能用好或不好來形容了，Radiohead就是

Radiohead。他們甚至不只是音樂，自己畫畫，設計CD封面、網站內容。他們是一種生活方式，幾個團員在牛津郡住得很近，從日常到創作都在一起。再不會有別人那樣做音樂了。我還繼續跟蹤著。

跟蹤過的小說家，那就更多了，名單隨時修改中。不過講起Radiohead又讓我想起村上，因為據說他們新專輯名稱是因村上「鵲賊」而生的聯想，所以還是再舉村上作例子吧。在《挪威的森林》後，高三到大三的三年之間，只要村上出了書我都買，陸續找到同樣沒版權的《舞舞舞》，小開本的《聽風的歌》、《一九七三年的彈珠玩具》。後來村上在台灣大受歡迎，出版社把他的作品做成一個書系，開本變大，大多由賴明珠翻譯。盜版本早已不復見，我那具紀念價值的三冊裝非法《挪威的森林》，不知被誰借走了沒有還。

可後來我也挑剔起村上來。不知道一個真正的跟蹤狂是不是遲早都會挑剔他跟蹤的人：「最近衣服品味越來越差了，燙那什麼髮型嘛真是。」好像是人家拜託他跟蹤的一樣。《人造衛星情人》出版時我沒買，有人主動借給我，我好像一直沒還。跟當初A走了我的《挪威的森林》的人一樣。習慣真差！

《海邊的卡夫卡》又讓我再度開始補讀《神的孩子都在跳舞》那時候的村

上。這樣反反覆覆，叛變了又回頭，我的跟蹤軌跡。

□

我去我朋友開的唱片行，碰見一個記者正在訪問他。那記者在我朋友回答他問題的時候臭著臉猛皺眉頭，唉聲嘆氣，好像不滿意我朋友沒講出幾句現成可以引用的話，甚至當場幫他把報導寫好似的。不久我們又聽說那記者還有更誇張的：「他說他很忙，叫我去他公司讓他訪問。」另一個不幸成為他受訪者的朋友說。

我自己也曾碰到類似的事，有些人毫不掩飾地讓你知道他只是在應付，而且露出那種「你其實也跟我一樣吧」的表情。

這類事情，有時讓我懷疑，莫非我們所謂的現實，其實只是三尺表土，再底下是某種堅硬的，萬年不易的礦物層。問問題的人，並不真想追根究底，也不打算花力氣去對抗那堅硬的什麼，只是扒抓著表層的土壤，不斷拋在自己與他人的身上，以便讓每個人看起來都是一樣的土灰色。這讓我覺得很疲倦。讓我想要出發跟蹤什麼人，到一個很遠的地方去，找一個有厚實土壤層的地方可以往下挖，直到挖出通往另一個世界的方向。

啞謎

哈洛・卜倫在*How to Read and Why*一書的前言中，如此談到了閱讀：It returns you to otherness.

自從讀到這句話，我一直在想，那是什麼意思呢。它立即地抓住了我的注意力，我以為自己在讀到的那一刻瞬間地理解了什麼。但仔細去想，又是那麼模糊不定。尤其是return與otherness這兩個字之間的反差。彷彿將你帶往他方，才是歸返的路徑。

那讓我想起了一位朝向他方的旅行者，我中學時代崇拜的人類學家李維史陀。當他在遠離家鄉法國的地球另一面，進行著田野調查的時候，曾經連續好幾個禮拜，腦袋裡重複著一段揮之不去的樂章——蕭邦的三號鋼琴練習曲。這謎樣的自動演奏機制，使他疑惑不定——畢竟他所喜愛的作曲家是華格納、德布西，而從來不是蕭邦。為什麼這時，卻在異鄉的場景裡，從記憶裡清倉出這麼一段旋律？

類似的經驗我也有過，所以才會特別注意到李維史陀的這段描述吧。有一次，在沒有音樂可聽的山上，我被一段流行複歌苦苦纏著不放，而且還是平常並不特別喜歡的歌手。不同的是，李維史陀畢竟在那重複迴旋的蕭邦三號鋼琴練習曲裡，發現了先前不曾有過的欣賞方式。他開始感覺，欣賞德布西時體驗到的喜愛感，同樣也可在蕭邦作品中感受得到。但是如果不是聆聽過德布西，這突然地、對蕭邦的體會，也永遠不會發生吧。換句話說，隱藏在蕭邦作品當中的什麼美，經由德布西的中介，才向他揭示了出來。那是一個音樂聆聽者豐富成長的結果。而這豐富化的經驗，是發生在更多的聆聽之後，有一天，在距離家鄉那麼遙遠的地方，在一荒野之中，便突然地形成了。

「或許，這也就是旅行的本質吧，是一種對我自己腦袋中的沙漠的探察，而不是對那些在我週遭的沙漠的探察吧？」

從那裡，李維史陀進行了這樣的探問。與他對原始社會的研究相較，這是同樣、甚至更為重要的探問。面對自我心中的沙漠。作為一個人類學家，不僅觀察身邊的田野，同時也追問：為什麼我會跑到這裡來？目標何在？人類學研究的本質到底是什麼？在他眼中，這是一「令人驚奇的啞謎」：他的探險並不是將他帶往新世界，而是把他帶到自己腦中的舊世界。所有世界當中最陳舊的、一直與他同在的那一個。

到舊金山參加妹妹婚禮的期間，有一天必須去進行一次與公務有關的拜訪。連日來面對家人有關一場婚姻儀俗細瑣的叨念，我忽然就如失去彈力的橡皮筋那樣地疲累了。有種非一個人出去走走不可的感覺。幾乎是什麼也沒說地，像誤闖了白日的幽靈那樣滑出門縫去了。徒步到附近一條開著許多小型服裝店的街道Fillmore，漫無目的地逛了幾家店。奇異地幾乎所有店舖都被佈置成一個混亂而豐富的衣櫥。賣的商品不是單一品牌，而是各商店基於其不同品味風格與來源，到處進來的貨。往往也不是單一類型商品，既有服裝又有傢俱，既有皮包又有香水飾品。我在混雜的材質與色彩裡這樣晃蕩了一會，店員也彷彿出於直覺地知道我是個晃蕩者而非消費者，不大搭理，使我在孤立的安靜中漸漸把疲累感淡化了。之後才搭公車前往城區。

我其實不確知公車的路線，只在地圖上大致確認，它要前往的方向跟我是一致的。然後我就上了車，懷著一種「錯不到哪裡去吧」的疏隔感，坐在車裡隨它在舊金山坡道起伏的路上高高低低地晃。經過公園。經過中國城，那些中文字是熟悉的，但招牌上的用詞，店名，甚至裝潢配色，都以一種只在異邦中國城才會有的方式組合。

下車的地方是金融區。看了一下門牌號碼，確定沿著其中一條街繼續往北走。

那之後是一次在舊金山那城市小小的尋路之旅。越往北走，越發覺自己正在遠離辦公大樓林立的地區。兩旁漸漸開始出現住宅，社區的公園了。路上的人越來越少，偶爾遇到的人也不是穿西裝打領帶拿著公事包的，而是著休閒衣褲出來溜狗的。道路是向上的緩坡。好在這一天的天氣還適合步行。我開始想，到底對不對呢？終究還是繼續懷著「反正錯不到哪裡去」的心態走下去了。

這樣一直走著，樹木越來越多，週遭越來越靜。我進入到一個相當宜人的住宅區域。毫無預警地，道路在我眼前消失了。我發現自己站在一個山崖邊，崖上生著茂密的草木。距離我想找的門牌號數還有大約兩百號，這條路竟然就中斷了。

唯一的辦法，我問了那個在院子裡檢查車子的人。「妳得下到山丘底下。蒙哥馬利路的門牌號碼到這邊為止，然後在山丘底下接上。」他向我剛剛經過的地方一指：「樓梯在那邊。」我站在山邊往下望，山丘其實相當高呢。果然有一段樓梯曲曲折折地通往底下的馬路。

真是怪。好像當初決定有這麼一條路時，是先在地圖上畫出來似的，把地圖上的一條直線當成同一個平面，絲毫沒考慮到中間有一個山丘的高低落差。底下的那一段蒙哥馬利路，與山上同名的那條路，在實體空間裡是兩條接不在一起的路，卻仍然不動聲色地將門牌號碼接下去往前數。

我終於找到那個公司的辦公室時，發現他們擁有面山的視野。十分鐘前我就站在山丘頂上，懷疑地望向底下。

近來我幾乎是，異於往常地進入工作的狀態。我的朋友們奇怪地問，「妳為什麼會去做一個，把自己弄得那麼忙的工作呢？」夜間離開辦公室前，在電腦關上了那一剎，抽空般的瞬間寂靜裡，「為什麼我在這裡」的感覺抓住空檔浮現了。這是個李維史陀問過自己的問題，我的問法也許構不上他那種層次的，切換於文明之間的探問。但要找到答案，好像也不會比較簡單。

像一條隨時可能中斷的路，那麼無法確定。隱約地，好像既是一再地將自己趕離到他方，又在他方之中，找尋回返的道途。

海鹽與迷迭香

起初我只是把那座山當作娛樂家人的一種方法。十二月，罕見的冬颱還未在海面上形成以前，一些家人和朋友從太平洋的另一邊來了。他們說該去哪裡玩呢？我說你們為什麼不去太魯閣，我喜歡那裡的山。於是這件事就真的發生了，點人頭，訂火車票，租一輛九人座的車。七嘴八舌地約定集合時間，有人遲到，有人打電話去催，有人去買御飯糰，才回來又有人說要去買礦泉水……這種團體旅行少不了的拖拖拉拉式集合法也跟著發生了。我看著身邊這群人在便利商店、售票點、洗手間之間來回跑來跑去，來了這個又去了那個，好不容易才像要去遠足的小學生般集合底定。

出發前一天我才決定加入的。本來是打算直接把他們交給太魯閣的山，讓他們自己去玩。當九人座廂型車開入國家公園地界，沿峽谷地形前進，我發覺自己第一次跟這麼多家人朋友一起面對這片山。一個人的時候，你與山之間的關係直接而立體，它就那樣堂堂地逼臨在你面前，使你無處可避地向它暴露。一群人去，風景卻變成同行者共同身在其中的容器，一種話題，交談、吵鬧，甚至沒話找話說……在同行九個人的社會關係裡，風景也被稀釋成九等分，在九個人之間世俗化了。

比如說，小凱看見山壁凹洞的反應，是跑到裡面做出練武功的樣子，還「萬佛朝宗、佛光萬丈」地亂喊一通。比如說，阿應看到路邊的女警人形立牌的反應，是跑上前和她拍一張情侶合照。我忽然覺得好像回到學生時代的玩法，風景是拿來搞笑的，是社會性的——不在有多美，而在有多能讓同行的人拿來發揮耍賤，就像一則朋友間共同的八卦話題，也像城市裡那些不斷變換裝潢、好維持新鮮感的夜店酒館。空間充滿逗引的元素，拉出話題，製造交談與親密的姿態。

後來，他們離開台灣的那個星期天下午，我在家裡煮義大利麵。用橄欖油拌炒九層塔，秋葵，切丁的番茄，天使髮麵。

我那剛從托斯卡尼旅行回來的室友，從櫃子裡拿出一玻璃罐粉末狀調味料。「只要加上這個就會很好吃噢。」她用那種《料理東西軍》介紹嚴選素材的表情認真地說。

我從她手中接過玻璃罐，旋開上頭的金屬蓋，一種令人清醒的味覺緩慢滲入空氣裡。是粗結晶的海鹽與切得極碎的乾燥迷迭香。只是這兩種乾燥物質的混合，或許還加上一點胡椒顆粒，而不像中式料理那些作工繁複、經過發酵或熬煮的罐裝調味料，但這乾燥的粉末似乎更直接地襲擊我以天然香草及礦物的爽利氣息。

我忽然想起在愛丁堡念書時候的義大利室友卡米拉。她在寫博士論文的最後一年，常常用做家鄉菜紓解壓力。因此我有時半夜起床到廚房倒一杯水，會看見她沉默而固執地在那兒揉著麵糰。經常她在麵包裡放的就是這種迷迭香。

卡米拉後來怎樣了呢？我離開愛丁堡後，不太跟那時的朋友們聯絡了。雖然不是故意的，但好像總是不知不覺就成為了那個失聯的人。卡米拉拿到博士學位後，開始教書了嗎？依然會在準備授課，或是寫升等論文感到壓力時，半夜起來做麵包嗎？因為迷迭香的氣味我想起她。

在愛丁堡最後那一年，每當我推開宿舍廚房門聞到那麵包香，就知道卡米拉準是又在心裡困住了。她將無法對人言說的壓力都宣洩在麵糰上，然後又把麵糰做成的麵包吃掉——這當中彷彿有種極為實用的儀式性，把無形的心緒轉化為有形，以便分食消化。與她同住一間宿舍的我，無由得知她的論文或是實驗到了什麼階段，碰到什麼困難，只有滿屋子迷迭香的氣味開放分享。

在太魯閣的第二天，我決定脫隊一日。他們搭廂型車走了之後，我坐在旅館房間面對立霧溪的窗前讀一本書。

風聲，水聲，忽然又都是一個人的了。

附近有一所廟宇，據說是在中橫公路開通後不久就設立的。那時當地還沒有觀光旅館，有出家人來建了吊橋，修起長長的石階梯，將廟宇建在高處，俯視山谷與仰望雲霧之處。近年觀光客漸漸多了，廟裡的師父說正募集改建經費，希望把階梯修得不那麼陡，讓來參拜的人好走。

我想這是不是山中風景兩種命題的消長。遠離，走進山裡尋找一個僻靜的地點；或是靠近，修橋造路讓觀光客更容易走近些。悖反而並存的命題，像是一種熟悉的香料氣味，浮盪在暖熱膨脹的空氣裡，每每在我推開廚房門時撲面而來，其間竟隱藏著無法言說的煩憂，固執滯留於一個人的心裡面，而終以香氣與味覺的形式獲得稀釋，擴散開去。

沒說出來

去看了一場電影的試映。片名叫做《愛是您愛是我》（Love Actually）。雖說每隔幾年都會出現這種「耶誕節到了管他去死大家都談戀愛吧」的浪漫電影（或是「情人節到了管他去死大家都談戀愛吧」、「新年到了管他去死大家都談戀愛吧」，以此類推），但是《愛是您愛是我》還是讓我笑個不停。英式幽默加上一時之選的演員，下班後就是應該去看這種電影！

但是，沒錯，整部片確實充滿了浪漫愛情，可令我重複回想起來的卻是一個不那麼重要的小枝節。

當中年哈利受到辦公室美眉的誘惑，趁妻子在百貨公司購買家人禮物時，偷偷跑到珠寶專櫃前面想買一條項鍊送美眉。這時豆子先生羅溫・艾金森出現了——他是店員。可是因為豆子先生的搞笑形象實在太受歡迎了，他一出場就造成決定性的態勢，觀眾群中爆出驚喜的叫聲，立即地在觀眾與劇中人之間畫出分明的界線。我們大家一看見豆子先生就知道要發生好笑的事了，有人要倒大楣了。只有劇中人哈利渾然不知，還一步一步掉進陷阱。豆子先生問他：請問要包裝成禮物嗎？他說要。於是豆子先生開始包裝、沒完沒了地包裝，動用了緞帶、乾燥玫瑰花、薰衣草、肉桂棒……，以品味精緻料理般的讚嘆表情，簡直是發動了所有感官來包裝那個禮物呀。可憐的中年人哈利快被豆子先生那慢條斯理的包裝享受逼瘋了，一邊緊張兮兮擔心太太看見，一邊粗暴地催促豆子先生快點、不要再包了。他還不曉得，禮物早就超出了他的控制，跟他那段莫名其妙的辦公室外遇一樣。

終於哈利的太太出現了（另一位好演員艾瑪・湯普遜）。哈利立即轉身裝做什麼事也沒有，翻臉比翻書還快，好像他只是隨便逛逛不小心晃到珠寶櫃前。這時我們觀眾都知道是怎麼回事，換成是豆子先生落到觀眾共謀陣營之外的另一邊去了。

最後一個轉瞬即逝的特寫，豆子先生的表情裡有驚愕，恍然大悟。「原來如此……」，但也僅止於此。鏡頭帶開，他沒有說出他看出來的事。

令我一想再想的，就是豆子先生的那個表情。

在退隱到鏡頭外的匿名性之前，那個恍然的瞬間。甚至是哀傷的——「怎麼？竟然是這麼一回事……」，以及失落——禮物現在不被需要了。他所經手的禮物，是一個中年男人在慾望世界前的一次繳械。他的「包裝」堅持與講究不但不受讚賞，還被粗暴地催促，原來是因為那裡有個秘密的破口，是眼前這中年男人一處暴露於天光下的致命要害啊。豆子先生的表情不過是一秒鐘不到的事，但出了戲院我卻仍一再一再想著。羅溫・艾金森真是個好演員。

說起來，我覺得《愛是您愛是我》好看的地方不在那些有情人終成眷屬的橋段，而是其中處處藏匿著的，像這樣沒有說出來的事。

劇中有段彼得、馬克與茱麗葉三人的故事，就是以說不出口的愛情為主題。馬克一直偷偷愛著好友的戀人茱麗葉，當茱麗葉終於發現這個秘密，他也只是自制地轉身離開，然後才在街角掙扎著，回去，還是不回？

艾瑪・湯普遜發現丈夫哈利的外遇時，也裝作沒事，如常帶小孩子去學校參加耶誕夜公演，意外地竟在後台遇見了她那擔任英國首相的哥哥（休葛蘭）。那時艾瑪・湯普遜上前緊緊擁抱她的哥哥，那個擁抱裡也有太多沒有說出來的事。沒人知道那時她正在站在一懸崖邊上，腳下關於家庭與婚姻的信念被抽空了，她大半人生相信的意義遭到了否定。這時竟然遇到難得見面的親哥哥，家人的感覺溫暖熟悉，然而剛受的委屈卻是不能說的。於是那個擁抱就充滿了一個好演員的戲。她在擁抱中把話吞了回去。

我總是想太多，鏡頭以外發生的事。

後來中年人哈利還是買了項鍊送給辦公室美眉，至於買項鍊的過程，則屬於電影沒有演出來的部分。會不會在同一個百貨公司專櫃前，中年人哈利又遇見店員豆子先生？那時豆子先生會是什麼樣的表情呢？我想這次他不會再那麼多事地堅持精心包裝了。不再有乾燥玫瑰花、薰衣草、肉桂棒。他會垂下眼睛。「這條項鍊嗎？很好，先生。」然後他便轉身，像個一般的店員那樣為他結帳，在禮物盒上打上個一般的蝴蝶結，讓它可以恰如其分地去扮演一般外遇中一般的禮物。然後他送走這個客人，把客人送回他的命運裡去。他比前一次遇見這中年人哈利時更知悉了些什麼，卻說得更少。不過，如果把這些演出來的話這就不會是齣喜劇了。這點或許編劇和導演也是知道的，知道，而沒說出來。

新年鐘

大家討論著新年去了哪裡的時候，有個朋友這樣埋怨地說了，「新年倒數的時候我還堵在車上呢。」已經抵達了熱鬧的城區，卻因還沒找好停車位而繼續在路上盤桓著。

聽到有人這麼說，從來沒認真把新年倒數當一回事的我，一時不知要怎麼回答。應該表示同情嗎？「那真不幸啊，明年請早吧」或是，「早知道還是搭大眾捷運系統」。

不過，新年的第二天，卻在報上看到因人潮過於擁擠，捷運裡有人受推擠跌倒，嚴重受傷的意外。也有人為了趕這波新年來到的寒流，上山去看雪景，在路上車子打滑，撞了山壁，因而夜宿派出所。

十二月三十一日與一月一日的交替之夜，好像是一年一度位置座標的大轉換。城市裡的人跑上山，市郊的人跑進城。平常在家睡覺的人擠進派出所，派出所的警察到外面指揮交通。天氣寒冷沒降低大家往外跑的興致，反而結冰下雪創造了更多非出門去不可的理由，一整夜人群受了午夜十二點那個神奇時刻的召喚，城裡城外地流動著。

仔細想想，一年的這個特定日子，累積的移動能量其實相當可觀。不知不覺它就成了一個非得出門做點什麼的夜晚。一個不可閒置的時間。中午一過，辦公室裡的氣氛就已經不同，有什麼隱隱地被期待著，使眼前平板的三四個小時比平常更失去了魅力。其實很不可思議，那一年交替的前後幾個小時，如何形成了一個果核般的中心，使時間香甜多汁的果肉朝向它而附著。剩下的渣滓，是派對還沒到來前，必須無聊地等待耗去的幾小時。

在川端康成《美麗與哀愁》的開頭，一對闊別多年的戀人一起在京都聽新年的寺廟鐘聲。那短短的一章，其實是充滿細膩的張力。當年，中年已婚作家與少女的不倫之戀，以少女懷孕、流產，分手為結局。那麼痛苦的回憶，也已經在時間裡漂洗得淡了。分手後兩人的生活各自朝不同方向發展，作家繼續寫作，少女則成了知名的畫家。新的生活覆寫在往事的創口之上，經過時間層層疊疊鋪蓋，創口也就彌合成了新的組織。以至於兩人還有可能在事隔多年以後，年關交替之際，疏遠客套地坐著聽鐘。

這聽鐘的一景，發生在新舊年度交替的夜晚。場景中是這對曾經相戀而今疏遠的男女，兩名藝妓（她們不清楚那段往事，但或許憑著職業識人的敏感而能感覺到氣氛異樣罷），以及畫家的女弟子（多少知悉內情，且因為愛慕著她的畫家老師，而使得她在這新年場合中，像是一雙窺伺的第三者眼睛。在往後的劇情裡這雙眼睛逐漸浮現，主導了故事的發展）。

新年永遠不只是新的一年。它還負載了太多過去。但是在迎接新年的時刻，那些過去通常是不被指認的，潛伏在未被言明，不可碰觸的領地。鐘聲的音波響漾開來時，過去與未來的臨界點就這樣模糊堙遠地被渡化了過去。

我老是想起南亞的海嘯。海底與海面同時經歷一次重大的整變。他說馬爾地夫的海底珊瑚礁很可能都被海水瞬間的推力夷平了。因此即使島嶼復原重建，也再不會是原來那個潛水天堂了。忽然之間，那一帶海域便充滿了未知。從過去剩下什麼，未來出現什麼，消失的島，新生的島，記憶與營生的落腳點，都還在海洋那令人敬怖的湛藍裡，等待被發現。

有一年，我在紐約往倫敦的飛機上過了新年。因為是十二月三十一日的關係，搭飛機的人很少，經濟艙空到每個人都可以佔據一整排的座位。供應飲料的時候，不論要什麼空服員都自動給你兩人份。我於是豎起座椅扶手，用空服員提供的毛毯（也是一次就給了兩條）為自己安頓一個蠶繭般的睡穴。

外面是漆黑的機坪，視覺在遊蕩中偶爾遭遇一散佚在空間中的燈號。彷彿來自無所有之處。其實那並不是孤立的一個亮點。它與其他更遠處，看不見的燈號，共同定義著距離，以及方位。

登機不久，機長透過廣播宣布，大西洋東側的倫敦已經是午夜零時了。彷彿為了取信於我們，機上開始播放倫敦大笨鐘午夜十二點的鐘聲。平常看起來很嚴肅的英航空服員們竟然還唱著歌拍著手繞行起機艙來。原本的用意是為清冷的機艙增添一點新年喜氣，但鐘聲卻因為無線傳輸效果不佳而音質極差，沙啞地響盪在旅客寥寥無幾的機艙之中。

沙啞的鐘聲從遠處傳輸而來，斷斷續續的訊號格外令人感到遙遠。那鐘聲也像是停機坪上的燈，破碎的音質在機艙中湧現時，同時也是方向與距離的訊號，使你意識到其實與鐘聲的來處間隔遙遠。意識到此刻正漂浮在大西洋的正上方，不知如何界屬時間的領域。

革命前夕

入夜之後我們到城區看了一場電影。《摩托車日記》，有關切・格瓦拉在二十三、四歲時從事的那次走遍南美洲的旅行。

我還記得一九九七年，格瓦拉是那年空氣裡的關鍵字，說出口就打開了某種傳奇與想像。街上販賣著以他戴著貝雷帽的俊美臉孔製成的各種商品。愛丁堡王子街花園的冰淇淋車，招牌邊貼著他的海報，像普普藝術裡的瑪麗蓮夢露那樣，套成許多不同的顏色。

那一年他的骸骨出土。已經是他在玻利維亞的無花果村被捕，遭到處決之後的三十年。那些行刑的人，將他的遺體拍照，且剁下雙手送交他的革命舊友——古巴的卡斯楚。經過這樣有如黑社會般的殘酷處刑與示威後，他的遺體被草草掩埋，在一處少有人知的墳塚裡度過歲月。彷彿再也不會有人想起了，當革命已經不是流行的字眼。然後忽有一天墳塚又被打開，幾個考古學者往挖出來的土坑裡探，他們的影子與日光一齊投射在白骨之上。它又回到這個光亮與暗影並存的世界。一九九七年。

格瓦拉出身阿根廷一經濟寬裕的醫生之家。後來他自己也進入醫學院就讀。在電影，以及格瓦拉的摩托車日記中記述的，其實只是他幾次長途旅行中的一次。一九五〇年他曾經單獨騎摩托車旅行阿根廷北部。一九五三又有第二次的環南美洲之旅，那次旅程的最後，他在墨西哥結識了卡斯楚。旅程的終站轉變為革命志業的起點，格瓦拉從此成為卡斯楚並肩作戰的戰友，一同在五九年推翻了古巴的巴蒂斯達政權。

格瓦拉自己在《革命前夕的摩托車之旅》（*The Motorcycle Diaries*）這本書的〈後記〉裡，描寫的那個沒有名字的人是誰呢？應該不是卡斯楚。但那看起來像是，兩個各自攜帶著不明而巨大能量的革命與流浪之人，一次命運預示的交會。格瓦拉對那次會面的描述，是這樣的：

「小山城的夜空佈滿星光，四週的闃然與寒意驅走了黑暗。好像——我不知如何形容，好像一切的物質實體都消融了，都遁入了太虛，把所有物體的個性都抹去，把我們吞噬，使我們陷入無邊的黑暗裡。夜空中沒有一絲雲可以讓人藉以辨認空間的遠近感。我身旁幾公尺外的一盞昏黃燈光也在黑暗中失去了力量。

「這個人的臉在陰影中，看不清楚，我只能約略看到應該是他雙眼的亮光和他前排四顆牙齒的閃光。」

這個格瓦拉沒有寫出名字的人，與他在一個不知名的山城中初次見面。兩人都是離開了自己出身的城市與國家，一再地流浪與冒險。忽然，這不知名的人吐出謎一般，但對照後來的事態發展、卻又帶有預示意味的話來：

「革命是一件不涉個人的事；革命會奪走這些人的性命，甚至奉這些人為典範或工具，用以馴化繼起的年輕世代。……你將會死得慷慨激昂，成為仇恨及鬥爭的完美呈現因為你不是一個符號，而是未來會被毀滅的社會裡的真正一員；你的言詞及行動將會展現出一群人的精神。你和我一樣有用，不過你不會知道，對於那個將來會以你作為犧牲的社會來說，你的用處會有多大。」

後來，格瓦拉與卡斯楚帶領八十一人的游擊隊攻堅登陸古巴。八十一人當中只有十二人生還。這是什麼樣的數字比例，那又是什麼樣的經驗，看著與你一同作戰的年輕同志一個個死去？也許像這個沒有名字的人說的，「革命是一件不涉個人的事」，不僅死去的人無算，即使是存活者，也不可能知道自己將會在這個世界上成為什麼樣的犧牲獻祭，實踐了什麼樣的「用處」。

格瓦拉在〈後記〉中，這段有關他與一位不知名的革命者會面的描述，文字中充滿了模糊氤氳的氣氛、實體消融的無邊黑暗，彷彿他早已經直覺，這次相遇的奇幻時刻，乃是深深包含於歷史的不可捉摸與難測之中。

在古巴革命成功後，卡斯楚成為古巴的統治者，但格瓦拉仍不放棄游擊隊的生活，繼續向世界輸出革命。他似乎一直是個在路上的人，從沒改變生命作為一次長征般的摩托車旅行。一九六六年他潛入玻利維亞進行游擊戰。次年被捕，第二天立即於當地被處決。

我們這些從T恤、手錶、海報、商品上認識了格瓦拉的人，現在再一次從電影螢幕與傳記中認識他多一些。但是一切浪漫化的革命與旅行想像，背後其實是游擊生活的慘烈殘酷。匱乏的補給，與山林之外那個以優勢武力包圍及偵測著游擊隊的、巨大機器及秩序的對抗。看著友伴一個個倒下。在飢餓與疲乏中消耗。被捕時只剩不到二十人。

那是浪漫傳奇隱去不談的部分。確實如格瓦拉的〈後記〉中那沒有名字的人所言，格瓦拉不會知道，他的游擊革命徹底地失敗犧牲後三十年，他的名字竟又在二十世紀結束前重新被憶起，成為理想的象徵。因與果之間，往往不是邏輯正面的承接。不是你想做一件事，它就造成了你預想的後果。不是的。格瓦拉不知道這個以他為犧牲的世界，如何受了他的影響。如同我們也永遠不會知道，他隱身叢林中那些飢凍的夜晚，為我們承擔了什麼。

那麼還是，讓我們看看在格瓦拉的革命還沒開始之前，他走上的那趟旅程吧。那個年輕，大膽，有時不負責任的小夥子。身無分文，雙眼發亮，在飢餓與疲倦之中前進，到處結交朋友，這趟革命前夕的旅程，彷彿後來游擊生活的一次早期的演練。

「錢幣已經拋了起來，正在翻轉當中，有時轉到頭像那一面，有時轉到字那一面。我將要透過我的嘴巴，用我自己的語言，重述我雙眼的所見。」

他這樣走完了。那個無關乎成敗、無法預知的「用處」，就成立了。

有故事的人

二月底連出幾天太陽，以為就要這樣一路暖到夏天，忽然又冷了。全台灣消費大眾在過季折扣時買的冬衣，一舉得到合理化，每天一邊抱怨好冷好冷，一邊心安理得穿出門。

就在這一波寒流前的最後一個暖天，星期日早晨，我坐在屋裡陽光特別好的一個角落讀書。

幾年前我還在「網路與書」工作時，就聽郝明義先生說正在寫一本關於他老師的書，並且讀到了部分的文稿。大學以前都住在韓國釜山的郝先生，中學時的級任是韓國抗日名將之女，一位在中國、在對日戰火中長大的池老師。我還記得當時是直接在電腦螢幕上閱讀，隨著閃爍的游標讀到池老師帶學生郊遊，遇一醉漢糾纏胡鬧，這名身材矮小還不及醉漢肩膀高的女老師，竟然沉著堅定地給了那醉漢嚴嚴實實的一巴掌。乃至她贊助學生求學，學生成年後想要回報，匯了一筆款項給她，她卻在大風雨天從漢城跋涉到釜山，堅持要把錢還給學生，那樣地一介不取。類似的故事，在我眼前隱約構造了一名韓國女性的形象，生命是由篤定的信念與原則支架起來，淡泊，沒有懷疑，無欲則剛。

那年我讀到的稿子一直沒有正式出版。似乎是池老師認為沒必要為她寫傳。如果依照郝先生描述的個性，這位池老師一旦決定了的事，應該很難硬要她改變吧。這個堅定的拒絕也加深著前面說的那種印象。我所知的就僅止於此了。

直到星期日早上，我坐進那個陽光特別好的角落開始閱讀《故事》，渾然不覺那只是春天一次短暫的預演。接下來還有一波冷天氣。二十四小時內即將氣候陡變，行人又紛紛將自己包裹起來。

一頁一頁地，我開始讀到更多關於這位老師的故事。她父親在日本佔領朝鮮半島後出亡中國東北，組織「大韓獨立軍團」。因為父親的這層身分，她從小跟著母親到處搬遷，五歲那年離開韓國，去了瀋陽。二次大戰爆發後，她的求學之途從北平、南京、重慶、成都一路走，目睹戰爭的殘酷，乃至投入戰爭。確實沒錯，這就是幾年前我讀到了部分的那本，郝先生一直在寫的書，現在終於完成了。但我又有種奇異的感覺，感覺這同時也是另一本書，一本完全不同的書。

《故事》不只是關於池老師。郝先生也寫到他在釜山的童年，武俠小說，朋友，父親，母親，韓國的歷史，他對韓國社會的觀察。這些，在整理老師的故事時，也開始重新去理解。把那些久遠以前發生的事，挑出許多線頭，逐漸拉在一起。如郝先生自己在書中所說的，在整理老師的故事時，也整理了自己這個學生的故事。

「整理」的力量。我在閱讀《故事》時為之思考再三。

哈洛・卜倫說，閱讀是一種延遲了的行為。我想回憶更是如此，從回憶中整理出故事來更是如此。

那些片片段段的過往瑣事，總在一段時間之後，才顯現當初無法看懂的意義。你永遠不知道自己正說著什麼樣的一個故事。直到更多，更多的細節從黑暗中浮顯出來。本來斷裂的點，逐漸連成一個外形的輪廓。然後你回頭看，看這一路來磕磕碰碰的痕跡，老在同一個地方絆倒，老在到手的同時失去……，這樣不知過了多久，有一天你忽然發現自己身上是有一個故事的。那些快樂或苦痛的經驗全都串起來了，你不只是一個被上班下班時間切割為開來，化整為零一筆一筆存在PDA裡的人。也許你還會有點彆扭又感動地對自己說，「原來這是一個關於愛的故事啊」，或是，「是關於找自己的故事啦」。你為自己整理出點什麼來了。

而這本書，從我幾年前讀到的部分書稿，到現在即將出版的面貌，這裡面，看不見的，乃是作者數年來的整理。當中，不知道還有多少沒說出來的故事。

有一段話我在讀到的時候笑了。那是郝先生奇怪自己為什麼那麼少和池老師聯絡：「我不自禁地暗問自己是不是頭腦壞掉，有這樣一位老師，卻為什麼會這麼疏於親近？為什麼會以少為多，只不過跟她學了兩課，就沾沾自喜，二十幾年來，才不過和她連絡兩三次？我把池老師說得影響如此這般，然而除了她父親是韓國獨立的名將之外，除了她在中國長大之外，我對她到底了解什麼？」

我笑是因為暗問自己頭腦壞掉的時刻也常發生在我身上。有時候，忽然想起一個誰，不明白當時為什麼吝於交換幾句話，就此錯過了他人。或者，找到從前寫的片段文字，在特別難過的一段時期寫的，看著覺得陌生，卻也極好，便想那時為什麼沒有更冷酷地直面悲傷，而在忙碌瑣事中閃避開了，錯過了自己。

但這些說不出道理的，畢竟都過去，也都留了下來。因為已經過去，因為我們已經不是當時的那個自己，所以才能這樣回想：到底為什麼、是不是頭腦壞掉？事情發生的當下，我們與事情那麼挨近，卻也那麼無知。

這樣我們竟也都默默開始整理自己，在不明白的情況下，偶然地變成了一個有故事的人。

放棄

他總是這樣對我說，「妳一定會很快放棄的。」

這是一句咒語般的話。這樣說了以後，他與我與時間之間，自動就成立了一種微妙的，暗含張力的關係。本來沒有盡頭的時間，忽然就多了一道「使用期限」。彷彿在看不見的地方，有人用粉筆畫了一條線，自此便把日常生活的每一天，轉化成一種等待。等著那條界線出現，然後我們當中的一人，就可以對另一人說：「看，妳果然很快放棄了」或是「猜錯了吧！我才沒有呢」。

贏了會得到獎品嗎？會比較開心嗎？好像也沒有。可是不知怎麼就變成這樣的關係了。彷彿是為了贏取說最後那句話的權利，我們等待著。等待時間中那條邊線不知不覺被跨越了，然後就可以判定，事情是以誰的版本定案下來。

已經有多久了呢？那等待似乎是不被說破地暗中進行著的。每天我起床，想著今天要做的事，用那塊相當經用（好像可以用上一百年嘛）的洗面皂洗臉，出門也好在家也好，都是一日朝向自我的跋涉。一天結束前檢視自己，知道我還沒成為他說的那個放棄了的人。

這樣想著既是輕鬆也是沉重的。彷彿決定權不在我手中，而是在一只碗底滾動著的、隨時可能停下來的骰子上頭。

（為什麼那麼害怕，當那個做決定的人呢？為什麼變得像是在下一盤，失去控制的盲棋呢？）麻煩的是，我們好像就此停不下來了。因為那句咒語般的話，「妳一定會很快放棄的」，就變得看向一個不存在的終端。為什麼我們會是屬於這樣一個，在擁有前就先預測失去的世代？

（但是，多久才不算是很快呢？）

有個村上春樹很久很久以前的一個短篇，叫做〈看袋鼠的好日子〉。從前讀的時候，是把它當成一本有趣小說集裡面，比較無聊的一篇而隨便翻過去了。短篇小說集裡大概都有那樣的一篇，中場休息般的作品。〈看袋鼠的好日子〉是關於「我」和女孩子去動物園看袋鼠嬰兒的事。

「我們從一個月前報紙的地方版上，知道了袋鼠嬰兒誕生的消息。並在一個月裡，一直持續等待一個參觀袋鼠嬰兒的適當早晨的來臨。可是，這種早晨總是不肯來。有一天是下雨，第二天也還是下雨，再過來一天地上還是濕濕的，接下來連著兩天都颳著討厭的風。有一天早晨她的蛀牙痛了，另外一天早晨我又不得不去區公所辦點事。」這樣過了一個月，當「我」和女孩終於到了動物園，袋鼠嬰兒已經不太算是嬰兒了。離開了媽媽的腹袋，自己在地上跑來跑去。

這其實有點喜劇。目標是要看袋鼠的嬰兒，卻忘記袋鼠嬰兒其實是會長大的。看袋鼠嬰兒跟看一〇一大樓可不一樣。如果一年以後再去，嬰兒還是嬰兒，那也太恐怖了吧。即使如此，卻還老是被牙痛或是區公所之類的瑣事轉移了注意力。等到看袋鼠的好日子終於來的時候，袋鼠已經不是嬰兒了。

時間不是線性的。而是四面八方的。你等待的事不見得正面朝著你來。更多時候是忽然地就實現了什麼，你發現自己忽然在一完全不同的處境裡。在這新的立足點上，意識到，那條看不見的粉筆線，不知在什麼時候被跨越了。

到什麼時候我們會覺得無法再說什麼，或做什麼了。

在哪裡，一個什麼樣的地方。

然後我們就都沉默下來，聽著週遭的聲響。

像是現在，夜裡十一點四十分，很快就到了今天與明天交接的時刻，二十分鐘內時間就會翻口袋似地把明天變成了今天。

我聽見後巷裡人家洗衣機或馬達運轉的聲音。有人扭開水龍頭，洗了一陣什麼。在這樣的夜裡我的感官又變得太銳了，那聲音如此貼近，幾乎是肉感的，飽含天啟的訊息，就要揭露了最終卻還是迴避開去。幾乎是不能忍受的。

雖然已經這麼晚，可是我無論如何想找一本書，所以還是出門了。事先打了電話去朋友家，「妳還沒睡吧？」去找我留在她那裡的一本書，查證一個句子。一整天它在我腦裡忽隱忽現，就是嵌不進對的字詞。

混淆的記憶就像是那種便宜的玩具，玩法是把散落在玻璃殼子內的五六顆彈珠同時轉進底盤的凹洞裡，得用上一點靈巧免得顧此失彼，進了這顆彈珠又出了那顆。

我爬上朋友公寓四層樓的樓梯，在客廳書架上找到那本書，真查到時又覺得沒什麼，不過就是：What's past is prologue——凡過去的皆為序曲。莎士比亞《暴風雨》第二幕。

我很想這樣對他說。總有一天，當我們之中有人說出那句定案的話，這一切也就過去了。

然而過去也不過是序曲罷了，還不是要帶著它活下去。時間其實才沒有什麼有效期限，沒有那個確切的點過了之後你就可以不管不想了。才不呢，時間沒那麼仁慈。

過了夜半，我帶著那個句子回家，看見一路樹影在風裡搖晃著。忽然很想朝向那樹影暗處走去，去什麼地方散一個長長的步。

我的寄物櫃

松隆子在一齣日劇裡演一個想變成小說家的編輯，被一個號稱「神眼」的人點撥，認知到自己沒有寫作的才華，遂關在房間裡自暴自棄：「我的人生沒價值了！」

回答她的是被形容為「濫好人」的朋友：「世上沒有沒價值的人生。」

於是，廣告進檔時，坐在電視機前，我開始想：我是怎麼開始寫作的？現在問自己這個問題，其實很尷尬。不是太晚：「現在才想這問題？你寫第一篇小說時幹嘛不想清楚呢？」就是太早：「值得一提的作品還沒寫出來，就不用自己模擬後世讀者的發問了吧。」而且竟然還不在心裡偷偷問了就算了，跑到週刊專欄裡來問。

要怪就怪松隆子好了。她讓我想起一些事。她讓我想起愛丁堡冬天那種灰黑陰暗的天氣。我也許在圖書館，一天下來，唯一說的話是向遞書給我的館員說「謝謝」。然後，圖書館關門前，帶著整日閱讀後的飽足與空虛，靜默也許會在晚上解除——如果那天有個朋友間的聚會的話。他們當然不會想知道我當天早上讀的，十八世紀末某個蘇格蘭人發表對法國大革命的看法，與其中隱含關於自由與秩序的討論，有什麼意義。我也不太可能去問他們那天又做了什麼DNA實驗，寫了什麼電腦程式。我們是各自懷著說不出口的秘密的。都太不擅長把腦子裡想的轉化成日常使用的語言，太容易注意到對方不理解或不耐煩的表情而妥協打住，太害怕冷場所以說了一些不必要的話，當然也有為了達到激怒、逗趣、引人注意、推進到下一個話題等種種效果而生的言語。結果說出口的跟心裡想的，總只是一個不完全、不對等，局部放大或縮小的百分比關係。

當一個句子發生了，並且你已經在對方表情上見到預期的反應，也許連你自己都沒聽見那個句子膽怯而孤寂的回音：「其實我的意思是……」「除了表面上的含意還有……」溝通總是挂一漏萬的。一面不斷張口吐出句子，一面非常清楚每說一句話就有百分之多少的真實流失進週遭的黑夜裡了。話說得越多流失就越厲害。最後簡直是像戰敗國那樣大筆大筆地割地賠款。

也許聚會在十二點前結束，最後一聲「再見」消失在門時，你走出宿舍門燈照亮的範圍，進入愛丁堡的霧氣濃重的夜晚裡，便又回到靜默的領域了。這時你才意識到，靜默往往比聲音更具威力。

那些在你一開口時，就往黑暗中沉沒的什麼，現在和你在一起了。

你往前走，在被霧氣弄糊了，街燈也照不清晰的所在，那些你剛剛背叛了的，壓抑了的，割讓了的，正漂浮在黑夜的深處。像個影子般地跟隨著你。亦步亦趨，沉默地，怨懟地。

那時我經常覺得，好像只有一個人坐下來面對筆記本時，才能好好將腦子裡的東西有頭有尾地說完。

我開始在一種口袋大小最便宜的紅皮筆記本上，寫下腦子裡沒有聽眾的想法。有的是我曾經試著跟什麼人說過，但在沒說完前就給綁架成了另一種意思的。有的是我不肯輕易開口去講給我明知不會了解的人聽，不願給他們以誤解的機會的。有的是我壓根一開始就不知怎樣讓它們變成日常語言的。總之現在還留在抽屜裡的十幾本筆記簿，全都是我跟世界溝通不良的證據。

我的寫作其實是從這樣一個最灰暗普通的起點開始的。因為在言語面前窘迫。因為，好吧我承認，孤單。

我的寫作起點是那樣，所以一直以來好像不自覺地把自己割裂為兩個世界，日常的，與文字裡的世界。前者包含爸爸，媽媽，同事，便利商店，捷運南港線……與幾乎所有的對話，應對，進退。後者盛裝前者無法容納的念頭和想法，像是一個寄物櫃，寄放不被日常世界需要的那部分自我。當然那部分的自我可不只是被排擠掉了，它是會長大的，把寄物櫃當成早產兒保溫箱，在裡頭一吋一吋地長大。

可想而知，開始寫作之後我的溝通問題並沒有獲得改善。我想是更糟了。有時讀了同輩小說家的作品，覺得感動，待見面卻說不出口，一不小心又掉進俗氣的客套。有讀者寫email給我，說我「很親切」，我忽然對「親切」這字眼產生一種奇妙的感覺，覺得它是一個喜劇性的詞，帶著荒謬，滑稽而可愛的鄉下氣質。回了信才想起，對「親切」這個字眼沒有跟我一樣同感的人，我的回信一定是不知所云。

夜店裡，有人問了我一個對現代小說的看法，當朋友抱怨他把氣氛弄嚴肅了他說：「我以為她會不理我，沒想到她真的回答。」

你瞧，我還是常常搞不清楚何時該當真何時不該。漏聽了別人話裡的主旨，而被其他的支微末節、單字片語吸引。

我尤其最怕看座談會紀錄。自己在座談會上的發言，被整理成文字後，總是這裡那裡的不對勁，「我不是這個意思……」忍不住想去改那些已經被印刷出來的字。也許當時在場的所有人聽我說話時，都是聽成跟座談會紀錄一樣的意思。少數服從多數。只有我是自己的異議者。

曾經我以為，既然一個人時才能把事情照我想的完整寫下，文字裡的世界應該比較接近我，那個可以暫時擺脫他人眼光的自己，也就是松隆子口中比較「有價值」的人生吧。

後來才明白，沒這回事。

寄物櫃內外都在同一個世界裡。對價值的誤解，只是因為我還不懂得面對無法被文字規範的，岐義旁出的真實。

有人在家

在基督教奠基發展的早期，曾有一群教徒在埃及的沙漠邊緣定居，在戒律與孤獨中追尋智慧。這些沙漠智者（英文叫做Desert Fathers，其實當中也有女性，應該是Desert Fathers and Mothers），到底是從哪個人、從哪兒開始的，好像是個難以追究的問題。尤其在埃及，尼羅河谷外圍就是沙漠，要是有人下班時間回家的路上忽然覺得：「唉！吵死了」，丟下一切跑到沙漠旁去住，大概也是可以理解的吧。不過傳統上似乎是把埃及底比斯的保羅當成第一個基督教隱士。這個保羅出身富裕人家，本來只是為了躲避羅馬政府對基督徒的迫害而逃到山裡，後來卻在洞穴中長住下來，儉樸禁慾地活了一百一十三歲。

同樣是離群索居，沙漠智者當中硬是有些人知名度比別人高。當然不是因為上call in節目的關係。隱士們大部分時間一個人過活，要不是有關於他們生平的文字記載流傳下來，後世的人很難知道他們到底做了什麼事，給了哪些教誨或訊息。沙漠智者聖安東尼之所以廣為人知，就是因為有個好朋友，亞歷山大城的主教聖亞坦耐修(St. Athanasius)為他寫了本傳記*Vita Antonii*。這本傳記後來在希臘與拉丁世界傳布甚廣，聖安東尼的形象也因而進入許多西方藝術作品，成為許多畫作的主題。

聖安東尼在獨居中面對自己的方法，是不斷地觀察，有如把自己攤開在別人面前一般。「讓觀察成為對抗犯罪的安全閥：讓我們每個人記下、寫下自己的行為，以及靈魂的衝動，就像是要互相報告一樣；如此你可以確保，基於怕被人知道的極度羞恥，我們會停止犯罪及玩弄有罪的思想。……用這個方法模鑄自己，我們將可使身體屈服，取悅上帝，並把敵人的陰謀踐踏在腳下。」

聖安東尼就這樣在沙漠邊生活了二十年。

不過後人對他如何模鑄自己似乎興趣不大，不及對他到底受了哪些考驗的好奇。藝術作品幾乎都將聖安東尼的獨居生活再現為充滿誘惑與考驗，不是面對魔鬼化身的美女，就是有妖怪在旁糾纏個不休。總之，就是要讓聖安東尼的獨居一點不清靜！他的孤寂被視為一種艱苦卓絕的奮戰，打開了心識的潘朵拉盒子，不知會有什麼惡鬼從裡面跑出來。孤獨是危險的，跟自我一樣危險。

危機四伏的孤寂，到了十九世紀小說家福樓拜手裡，再一次被呈現為《聖安東尼的誘惑》。這部小說非常不同於福樓拜的其他作品，福樓拜花了很長時間一再重寫，最後以劇本般的獨白、對話體裁表現聖安東尼的種種癲狂幻象。

奇妙的是，沙漠邊的聖安東尼吸引了花都巴黎裡的福樓拜，又在百年後受到一位哲學家傅科的注意。傅科注意到福樓拜這部難懂的作品，替《聖安東尼的誘惑》寫了導讀，指出聖安東尼這個角色在福樓拜創作生涯中佔了非常重要的位置。他比較聖安東尼所經歷的誘惑，與《情感教育》（福樓拜的另一部小說）裡繁華巴黎的愛情與幻滅，認為福樓拜是「以現代世界的散文，把神靈所居的古代世界廢墟中的『誘惑』，轉變為一種『教育』」了。

當福樓拜從諾曼地到了巴黎，他經歷正在成形中的現代世界，化作小說裡那令包法利夫人目眩神迷的舞會、那將弗雷德里克的愛情紀念物一樣一樣拿上台喊價的拍賣會……。這一切既是誘惑，也是教育。

另一方面，傅科自己受了聖安東尼怎樣的影響呢？傅科當然不是個聖安東尼式的獨居禁欲聖徒。但重讀他的傳記，以及晚年的幾篇文字與訪談，不知怎麼卻覺得，他也許是二十世紀最接近隱士傳統的人了。那些嚴苛的自我檢視，他所謂「為自己的自我寫一個劇本可以減輕孤寂的折磨」，那樣輕易地理解了聖安東尼。傅柯是不是也站在「現代」的廢墟上（如福樓拜筆下的聖安東尼站在「古代」的廢墟），面對其上來來去去的幽靈或幻影，而揭示著這全都是一種教育呢？彷彿他們三人，時代與志業迥異的這三人，竟跨越時間、跨越各自的孤獨領域，形成了一種無形的緊密關係。

□

有時候，我會給自己定下靜默日。在週末關掉手機，哪裡也不去，一個人在家讀書聽音樂。

也不出去吃飯，自己做簡單的水煮蔬菜，義大利麵。等水開的時候，我注意到廚房窗外，別人家的後陽台。看見他們晾著的衣服，鐵窗的圖案，倒蓋在窗台的塑膠水桶。聽見震動中的洗衣機，扭開水龍頭與馬達的聲音。

一直到離開廚房，都沒看見半個人影。但有人存在的證據，是那麼地明顯。彷彿當我在書中讀到一個人在沙漠邊的洞穴，或另兩人在巴黎的居所，恍惚間會感覺那裡，直到今天，仍是有人在家。

國家圖書館出版品預行編目資料

你不相信的事／張惠菁 著.
初版.－－臺北市：大塊文化，2005【民94】
面；　公分.－－(Walk；2)

ISBN 986-7291-41-7 (平裝)

855　　　　　94009136

LOCUS

LOCUS